PAUL MAAR, 1937 in Schweinfurt geboren. Einer der bedeutendsten Kinder- und Jugendschriftsteller deutscher Sprache. Autor zahlreicher Kinder- und Jugendbücher, Funkerzählungen, Kindertheaterstücke und Illustrator. Zu seinen beliebtesten und meistgelesenen Werken gehören die Geschichten vom Sams, einem hintergründig-frechen Fabelwesen, vom Träumer Lippel und vom kleinen Känguru. Paul Maar wurde mit vielen namhaften Preisen ausgezeichnet, u. a. mit dem Deutschen Jugendliteraturpreis, dem Österreichischen Staatspreis, dem Brüder-Grimm-Preis, dem Großen Preis der Deutschen Akademie für Kinder- und Jugendliteratur und dem Sonderpreis des Deutschen Jugendliteraturpreises für sein Gesamtwerk.

Paul Maar

Am Samstag kam das Sams zurück

Verlag
Friedrich Oetinger
Hamburg

Die Bücher vom Sams

*Eine Woche voller Samstage**
*Am Samstag kam das Sams zurück**
*Neue Punkte für das Sams**
Ein Sams für Martin Taschenbier
Das SAMS wird Filmstar

* Diese Bücher gibt es auch als Sonderausgaben mit farbigen Filmfotos aus dem Kinofilm „Das SAMS“

CD-ROM
Eine Woche voller Samstage

Das Sams im Internet:
www.oetinger.de

Die Bücher vom Sams (Bd. 1 – 4) und „SAMS das Musical“ sind auch als MC und CD bei der Deutschen Grammophon erschienen.

Verlag Friedrich Oetinger, Hamburg 2001

Standfotos: klick: Rolf von der Heydt, Christian A. Rieger
Illustrationen von Paul Maar
Druck und Bindung: Clausen & Bosse, Leck
Printed in Germany 2001

ISBN 3-7891-4228-X

Inhalt

Das ist Herr Taschenbier

Das ist das Sams

Ihr erinnert euch sicher noch an »Eine Woche voller Samstage«: Am Sonntag schien die Sonne und am Montag kam Herr Mon zu Besuch. Herr Taschenbier hatte am Dienstag Dienst und am Mittwoch, wie immer, war Wochenmitte, Donnerstag donnerte es und Freitag bekam Herr Taschenbier frei und musste nicht arbeiten.
Und dann kam der Samstag und mit ihm das Sams.
Und da ein Sams blaue Punkte im Gesicht hat, mit denen man sich Wünsche erfüllen kann, hatte sich Herr Taschenbier eine Wunschmaschine gewünscht. Die funktionierte leider nicht und das Sams hatte wieder gehen müssen.
Seitdem wartet Herr Taschenbier, dass wieder so eine Woche kommt: eine, die mit Sonne am Sonntag beginnt und mit einem freien Freitag endet. Denn dann, hofft er, wird am Samstag das Sams wieder zu ihm kommen!

1. KAPITEL

Donner am Donnerstag

Am Sonntag schien die Sonne.
Am Montag, im Büro, war Herr Taschenbier so unruhig, dass es sogar seinem Chef auffiel.
»Was ist los mit Ihnen, Taschenbier?«, fragte er. »Alle fünf Minuten sehen Sie nach der Uhr. So geht das jetzt jeden Montag!«
»Aber erst seit drei Wochen«, berichtigte Herr Taschenbier. »Wissen Sie, ich bin nämlich verabredet.«
»Sind Sie seit drei Wochen jeden Montag verabredet oder sind Sie seit drei Wochen für diesen Montag verabredet? Ich verstehe das nicht ganz«, sagte der Chef.
»Das kann man auch nicht verstehn«, sagte Herr Taschenbier und schrieb einfach weiter.
Als es endlich fünf Uhr schlug, zog er hastig seine Jacke an, stürzte aus dem Büro, rannte nach Hause, stürmte durch die Haustür und rief schon im Treppenhaus: »Frau Rotkohl, Frau Rotkohl!«
Frau Rotkohl, die Vermieterin, streckte den Kopf aus der Wohnungstür. »Was ist los?«, fragte sie. »Sie haben übrigens vergessen Ihre Schuhe abzutreten!«
Herr Taschenbier trat ein paar Schritte zurück, auf den Schuhabtreter, und fragte von dort: »Ist Herr Mon schon gekommen?«

»Herr Mon? Kommt der denn schon wieder?«, rief Frau Rotkohl. »Das geht jetzt schon seit drei Wochen so: Jeden Montag kommt dieser Mon. Wenn das so weitergeht, lasse ich mir bald Miete von diesem Herrn bezahlen; er wohnt ja schon fast hier!«
»Keine Sorge! Wenn alles gut geht, wird er heute zum letzten Mal kommen müssen«, tröstete Herr Taschenbier sie.
»Wenn alles gut geht?«, wiederholte Frau Rotkohl. »Wollen Sie denn, dass er heute zum letzten Mal kommt?«
»Ja, natürlich!«
»Wieso laden Sie ihn dann ständig ein, wenn Sie ihn nicht leiden können?«
»Aber ich kann ihn doch gut leiden!«
»Sie haben doch eben gesagt, Sie wünschten, er käme zum letzten Mal«, sagte Frau Rotkohl. »Und trotzdem können Sie ihn gut leiden? Soll er nun kommen oder nicht? Das versteh ich nicht ganz.«
»Das kann man auch nicht verstehn«, sagte Herr Taschenbier nun schon zum zweiten Mal an diesem Nachmittag. »Aber ich will versuchen es zu erklären: Ich wünsche mir nur, dass diesmal endlich alles gut geht. Dass nicht alles schief geht wie in den vergangenen drei Wochen!«
»Schief geht?«, fragte Frau Rotkohl neugierig. »Davon habe ich ja gar nichts gemerkt! Was ist denn alles schief gegangen?«
»Alles«, sagte er ärgerlich. »Aber auch alles!«
»Alles?«, fragte sie. »Ja, erzählen Sie doch mal!«
»Die erste Woche hatte ganz richtig angefangen«, begann Herr Taschenbier. »Am Sonntag schien nämlich die

Sonne. Aber schon am Sonntagabend gab es die ganz große Panne!«
»Eine Panne? Wie denn? Lassen Sie sich doch nicht jedes Wort einzeln aus dem Hals ziehen!«
»Herr Mon wollte besonders pünktlich sein …«
»Und dann?«, drängte sie.
»Und kam schon am Sonntagabend«, vollendete er den Satz mit einem tiefen Seufzer.
»Und dann?«, fragte Frau Rotkohl gespannt.
»Und dann? Nichts und dann! Das war schließlich schlimm genug«, rief Herr Taschenbier. »Am Sonntag Herr Mon, damit war die ganze Woche verdorben.«
Frau Rotkohl schüttelte missbilligend den Kopf. »Ihnen kann man aber auch gar nichts recht machen«, sagte sie vorwurfsvoll. »Kommt Herr Mon nicht ganz pünktlich, sind Sie in höchster Aufregung. Kommt er zu früh, verdirbt er Ihnen gar die ganze Woche! – Und was passierte in der Woche danach? Ist er da wieder zu früh gekommen?«
»Die zweite Woche hatte so schön angefangen!«, schwärmte Herr Taschenbier. »Am Sonntag schien die Sonne und Herr Mon kam pünktlich am Montag. Aber am Dienstag – stellen Sie sich vor: Am Dienstag war ein Feiertag und ich hatte frei. Was sagen Sie dazu?!«
»Was soll ich dazu sagen? Schön, dass Sie mal nicht arbeiten mussten.«
»Schön nennen Sie das?«, rief Herr Taschenbier und schüttelte sich schaudernd. »Nein: abscheulich, geradezu entsetzlich!«
»Sonst freuen Sie sich über jeden freien Tag«, sagte Frau Rotkohl verständnislos.

»Aber nur am Freitag. Am Dienstag Dienst und am Freitag frei, so wäre es korrekt gewesen.«
»Ich verstehe überhaupt nichts«, stellte Frau Rotkohl fest.
»Ich sagte es ja schon: Das kann man auch nicht verstehn«, wiederholte Herr Taschenbier.
»Schildern Sie mir mal die dritte Woche«, schlug Frau Rotkohl vor. »Vielleicht verstehe ich es dann.«
»Die dritte Woche war die schlimmste«, sagte Herr Taschenbier. »Am Sonntag gab es ein Gewitter, es hat den halben Nachmittag gedonnert.«
»Ja, scheußlich, ich erinnere mich«, bestätigte Frau Rotkohl.
»Aber nicht nur das: Am Donnerstag schien auch noch die Sonne!«, sagte Herr Taschenbier anklagend.
Frau Rotkohl war verblüfft. »Die Sonne? Wieso?«, fragte sie. »Hatten Sie was dagegen?«
»Und ob ich was dagegen hatte!«, sagte Herr Taschenbier aufgebracht. »Am Sonntag Donner, das ist schon schlimm genug. Aber am Donnerstag auch noch Sonne, das ist eine doppelte Gemeinheit, eine Unverschämtheit!«
»Jetzt verstehe ich noch weniger als vorher. Falls das überhaupt möglich ist, denn vorher habe ich schon nichts verstanden«, sagte Frau Rotkohl. »Über Regen regen Sie sich auf …«
»Über Donner!«, verbesserte Herr Taschenbier.
»Sonnenschein scheinen Sie nicht zu mögen – was wollen Sie überhaupt für ein Wetter? Viel bleibt ja wirklich nicht mehr übrig.«

»Ich sehe schon: Sie verstehn mich auch nicht«, sagte Herr Taschenbier beleidigt, drehte sich um, ging in sein Zimmer und ließ Frau Rotkohl ratlos im Flur zurück.
Er hatte seine Zimmertür noch nicht ganz geschlossen, da klingelte es stürmisch an der Haustür.
Herr Taschenbier stürzte aus seinem Zimmer und rannte so schnell an Frau Rotkohl vorbei, dass sie es gar nicht schaffte, sich über das lang anhaltende Klingeln zu beschweren.
»Das ist Herr Mon! Das ist für mich!«, schrie er und riss die Haustür auf.
Draußen stand wirklich Herr Mon.
»Hallo, Taschenbier, alter Junge! Du bekommst gleich

etwas zu tragen«, rief er laut und fröhlich und drückte Herrn Taschenbier einen riesigen Koffer in die eine und einen Vogelkäfig in die andere Hand. »Na, wie geht's? Gut, wie man sieht!«

Herr Taschenbier schaute verblüfft den Koffer in seiner Hand, den Vogelkäfig und schließlich Herrn Mon an. Was sollte er antworten? Herr Mon hatte seine Frage ja gleich selbst beantwortet. So sagte er nur: »Hallo, Mon! Wirklich nett, dass du gekommen bist!«

»Ja, das ist nett«, bestätigte Herr Mon. »Kannst du auch den Hamsterkäfig nehmen, damit ich Klärchen und das Meerschwein aus dem Auto holen kann? Ja, das geht gut«, beantwortete er seine Frage schon wieder selbst und klemmte Herrn Taschenbier einen Hamsterkäfig unter den Arm.

»Wer ist denn Klärchen?«, fragte Herr Taschenbier.

»Eine neue weiße Maus, du wirst sie gleich kennen lernen, alter Junge«, versprach Herr Mon. »Und pass auf, dass Herr Kules dem Hamster Andi nichts tut!«

»Herr Kules?«, rief Herr Taschenbier verzweifelt.

»Der Papagei! Hast du den nicht vorletzten Montag kennen gelernt? Ach nein, das war ja Moppel. Der hier sollte eigentlich Herkules heißen, aber er spricht seinen Namen immer so komisch aus. Sag doch mal guten Tag!«

»Guten Tag«, sagte Herr Taschenbier artig.

»Doch nicht du, ich meine Herrn Kules«, sagte Herr Mon und wirklich schrie der Papagei gleich dreimal hintereinander »Gutentaaag, Herr Kules« aus dem Käfig.

»Guten Tag, Herr Kules«, sagte Herr Taschenbier noch einmal und hob den Vogelkäfig ein bisschen höher, damit

der Papagei sehen konnte, wie er ihm zunickte. Dabei rutschte ihm der Hamsterkäfig unter dem Arm weg.
»Vorsicht, der Käfig rutscht. Achtung, Andi, festhalten!«, schrie Herr Mon, machte zwei hastige Schritte, fing knapp über dem Boden den stürzenden Käfig auf und drückte ihn gleich Frau Rotkohl in die Hand, die soeben in der Haustür erschienen war, um nach dem Rechten zu sehen.
»Hallo, hallo«, sagte er. »Schön, dass Sie sich auch mal sehen lassen. Können Sie ganz kurz den Käfig halten? Ja, das können Sie. Klärchen soll nämlich nicht länger warten.«
Und schon rannte er zurück zum Auto.
Frau Rotkohl hielt den Käfig weit von sich, starrte entgeistert erst auf den Hamster Andi, der in einem Hamsterrad Runden drehte, dann auf Herrn Taschenbier, der mit dem großen Koffer und dem Vogelkäfig neben ihr stand. Sie holte gerade tief Luft, um so richtig loszuschimpfen, da kam Herr Mon schon mit einem großen Pappkarton vom Auto zurück, nahm ihr den Käfig aus den Händen und rief fröhlich: »Na, wollen wir hineingehen? Ja, das wollen wir. Auf geht's!«
Und noch ehe Frau Rotkohl einen Ton herausgebracht hatte, war er mit Käfig und Karton im Treppenhaus verschwunden. Herr Taschenbier folgte ihm ächzend mit dem schweren Koffer und dem Vogelkäfig.
Frau Rotkohl hatte sich inzwischen von ihrem Schrecken erholt und rief den beiden nach: »Was bilden Sie sich eigentlich ein? Sie können nicht einfach Ihren Käfig auf mir abstellen, ich bin doch nicht Ihr Hamsterhalter!«

Dann merkte sie aber, dass ihr Schimpfen diesmal zu spät kam, und ging kopfschüttelnd zurück ins Haus.
»Deine Zimmerwirtin mag wohl keine Hamster? Ja, das stimmt«, bemerkte Herr Mon, als sie die Tür von Herrn Taschenbiers Zimmer hinter sich geschlossen hatten. »Dann müsste sie sich eigentlich mit Herrn Kules gut verstehn, der kann Hamster auch nicht leiden. Ob ich ihr den Vogel mal vorstellen soll? Ja, ich glaube, das wäre nett.«
»Nein, das wäre nicht nett«, widersprach Herr Taschenbier. »Tiere in der Wohnung sind ihr ein Gräuel.«
»Ja, wo sollen sie denn sonst sein?«, fragte Herr Mon erstaunt. »Alle meine Tiere wohnen in meiner Wohnung. Sie sind gewissermaßen wohnungsgewohnt.«
»Vielleicht solltest du auch nicht immer alle deine Tiere mitbringen, wenn du mich besuchst«, sagte Herr Taschenbier vorsichtig.
»Wieso alle?«, fragte Herr Mon. »Ich habe doch nur Andi, Fofo, Herrn Kules und Klärchen bei mir. Nero, Nikolaus, Moppel, Ossi, Tucker und Luu habe ich daheim gelassen, die kommen nächsten Montag wieder dran. Aber wenn du nicht willst, dass wir dich besuchen …«
»Aber natürlich will ich das, natürlich«, versicherte Herr Taschenbier hastig. »Ich bitte sogar darum.«
»Sehr nett«, sagte Herr Mon versöhnt, setzte sich aufatmend auf Herrn Taschenbiers Bett, klappte den Karton auf, zog eine weiße Maus heraus und betrachtete sie stolz. »Ist Klärchen nicht hübsch? Ja, das ist sie wirklich«, sagte er. »Nur ein bisschen zerzaust von der Fahrt. Wo ist denn der Kamm? Ich glaube, im Koffer. Ja, da muss er sein.« Er öffnete den großen Koffer.

Herr Taschenbier schaute ihm neugierig über die Schulter und fragte: »Was ist denn sonst noch drin im Koffer? Er ist ziemlich schwer!«
»Schwer? Ja, das ist er«, bestätigte Herr Mon geschmeichelt. »Alles Tierfutter, erstklassige Tiernahrung, nur beste Ware.« Er wühlte eine Weile im Koffer, bis er zwischen Dutzenden von Tüten und Packungen einen kleinen Kamm gefunden hatte, und fing an Klärchens Fell glatt zu kämmen. »Ach, da fällt mir etwas ein«, sagte er. »Nächste Woche kann ich erst am Dienstag kommen. Montag muss ich mit Tucker zum Frisör!«
»Nicht am Montag?«, fragte Herr Taschenbier bestürzt. »Es muss aber unbedingt Montag sein.«
»Wieso eigentlich? Das wollte ich dich schon immer fragen. Wieso legst du so großen Wert auf Montag?«
»Dir kann ich es ja verraten«, antwortete Herr Taschenbier zögernd. »Du darfst es nur nicht weitererzählen. Du musst mich am Montag besuchen, damit am Samstag das Sams wiederkommt.«
»Das Sams? Was ist denn das?«
»Ein Sams ist eben ein Sams. Genauer kann ich dir das auch nicht erklären«, sagte Herr Taschenbier.
»So, du willst es mir also nicht erklären«, sagte Herr Mon beleidigt. »Und was habe ich mit diesem Sams zu tun?«
»Viel! Wenn eine Woche so aussieht: Am Sonntag Sonne, am Montag Herr Mon – also du –, am Dienstag Dienst, am Mittwoch Wochenmitte, am Donnerstag Donner und am Freitag frei – dann kommt am Samstag das Sams!«
»So ist das also!«, sagte Herr Mon aufgebracht. »Ich bin also nur ein Mittel zum Zweck. Ich erzähle immer stolz

allen meinen Tierchen, mein alter Schulfreund Taschenbier kann mich so gut leiden, dass er mich jede Woche einlädt. Aber kann er mich überhaupt so gut leiden? Nein, kann er nicht! Er lädt mich nur ein, damit sein Sams wiederkommt. Ich will dir mal was sagen, alter Junge: Das war mein letzter Besuch hier. Auf Wiedersehn!«

Damit steckte er die Maus in den Karton, klappte den Deckel zu, stand auf und suchte seine Sachen zusammen.

»Aber Mon, um Himmels willen, das ist ein Irrtum«, rief Herr Taschenbier. »Natürlich kann ich dich gut leiden und lade dich gern ein. Nur, wenn du sowieso kommst, warum dann nicht an einem Montag, verstehst du? So kann ich zwei Fliegen mit einer Klappe schlagen …«

»Zwei unschuldige Fliegen schlagen? Tierquäler!«, unterbrach ihn Herr Mon empört. »Komm, Herr Kules, auf geht's, Andi! Verlassen wir dieses Zimmer? Jawoll, das tun wir. Bevor er euch auch noch mit seiner Klappe schlägt wie die armen Fliegen.«

Und er raffte Karton, Hamster- und Vogelkäfig zusammen und stolzierte empört aus dem Zimmer.

Herr Taschenbier starrte ihm fassungslos nach, dann fasste er schnell den großen Koffer und schleppte ihn keuchend hinter Herrn Mon her, der in stummer Entrüstung vorausging.

»Lieber Mon, willst du es dir nicht vielleicht doch noch einmal überlegen?«, schnaufte er. »Das alles ist doch ein Irrtum, ein ganz, ganz großes Missverständnis. Ich dummer Esel …«

»Aha, Esel sind also dumm! Hast du das gehört, Herr Kules? Ja, das haben wir«, sagte Herr Mon böse und ging weiter.
»Ich meine doch nur, dass ich mich saudoof angestellt habe und …«
»Säue sind also auch doof. Hast du es gehört, Herr Kules? Ja, das haben wir. Gleich wird er behaupten, dass Papageien unintelligent sind!«
Herr Kules schwieg zu dieser Anschuldigung und schaute mit schief gehaltenem Kopf aus dem Käfig.
Stumm verstaute Herr Mon seine Tiere auf dem Beifahrersitz, nahm Herrn Taschenbier ohne ein Wort des Dankes den Koffer ab, knallte die Tür zu und brauste los.
Bedrückt ging Herr Taschenbier zurück ins Haus. Als er an Frau Rotkohls Wohnzimmertür vorbeikam, streckte sie den Kopf heraus und sagte: »Dieser Besuch wird sicher ins Buch der Rekorde eingehen.«
Herr Taschenbier schaute sie verständnislos an.
»Wieso denn das?«, fragte er.
»Der kürzeste Besuch der Welt: rein ins Zimmer, raus aus dem Zimmer. Ich frage mich, wieso dieser Herr Mon Sie den Koffer reinschleppen lässt, wenn er doch nicht bleiben will.«
»Das frage ich mich auch«, sagte Herr Taschenbier und war zum ersten Mal seit langer Zeit einer Meinung mit Frau Rotkohl.
Er ging in sein Zimmer, setzte sich an den Tisch und dachte angestrengt nach: Herr Mon war zwar gleich wieder gegangen, aber er war da gewesen, das zählte. Am Sonntag Sonne, am Montag Herr Mon. Zwei Bedingun-

gen waren erfüllt. Morgen, am Dienstag, war diesmal kein Feiertag. Am Dienstag Dienst, das würde also auch stimmen. Am Mittwoch war sowieso Mitte der Woche, da brauchte er nichts dazuzutun. Am Freitag frei? Doch, das ließe sich einrichten. Er würde eben mit seinem Chef sprechen müssen. Und wenn der ihm nicht freigab, dann würde er einfach zu Hause bleiben. Das Einzige, das er nicht beeinflussen konnte, war der Donner am Donnerstag. Da musste er auf das Wetter hoffen. Es *musste* an diesem Donnerstag einfach donnern. Am nächsten Montag würde Herr Mon bestimmt nicht mehr kommen. Diese Woche war seine letzte Chance.

Ließ sich das Wetter wirklich nicht beeinflussen? Plötzlich kam ihm eine Idee. »Ja«, sagte er laut. »So könnte es gehen. Ich muss es jedenfalls versuchen.«

An den nächsten beiden Tagen geschah nichts Besonderes. Herr Taschenbier ging wie immer pünktlich zum Dienst und kam genauso pünktlich nach Hause. Er benahm sich still und unauffällig, blieb abends in seinem Zimmer und bekam keinen Besuch. Frau Rotkohl war sehr zufrieden.

Am Donnerstag sollte sie Grund haben, weniger zufrieden zu sein. Am Nachmittag klingelte es, zwei Männer in Arbeitskleidung standen draußen, neben ihnen ein riesiges Blech.

»Sind Sie Frau Taschenbier?«, fragte der eine, als Frau Rotkohl ihren Kopf aus der Tür streckte.

»Erlauben Sie mal!«, rief sie empört. »Ich bin unverheiratet. Und wenn ich verheiratet wäre, dann bestimmt nicht mit diesem Taschenbier. Und außerdem ist der so-

wieso ledig, es kann also gar keine Frau Taschenbier geben.«
»Jedenfalls scheint er hier zu wohnen«, mischte sich der zweite Mann ein. »Wo ist denn sein Zimmer?«
»Gegenüber der Küche. Warum wollen Sie das wissen?«
Die beiden Männer nahmen das Blech auf, schoben sich damit an Frau Rotkohl vorbei und steuerten, ohne zu antworten, schnurstracks auf Herrn Taschenbiers Zimmer zu. Frau Rotkohl kam aufgeregt hinterher.
»Was will er denn damit? Hat er denn das Blech bestellt?«, fragte sie. »Davon hat er mir ja gar nichts gesagt.«
Die beiden Männer stellten das Blech in Herrn Taschenbiers Zimmer ab und ließen die ratlose Frau Rotkohl mit dem Blech allein. Sie betrachtete es von vorn und hinten, schüttelte den Kopf und murmelte: »So geht das nicht. Schließlich muss er mich fragen, bevor er ein Blech bestellt!«
Da kamen die beiden Männer schon wieder zurück. Diesmal mit einem etwas kleineren Blech.
»Ja, bringen Sie denn noch ein Blech?«, fragte Frau Rotkohl erschrocken.
»Nein«, sagten die beiden wortkarg und stellten es auf den Fußboden vor das andere.
»Nein? Aber Sie bringen doch gerade noch eins.« Frau Rotkohl war jetzt ziemlich verwirrt.
»Wir bringen nicht noch *ein* Blech, wir bringen *zwei*«, stellte einer der beiden Männer richtig, dann verschwanden beide noch einmal und kamen mit einer dritten Blechplatte wieder.

»Was will er denn mit drei Blechen?«, rief Frau Rotkohl entsetzt.
Der eine Mann lachte. »Vielleicht die Wand tapezieren«, meinte er. »Oder er will drei Riesenkuchen backen.«

»Vielleicht sammelt er einfach nur Blech«, sagte der zweite. »Jedenfalls hat er drei Bleche bestellt und die haben wir geliefert. Auf Wiedersehn!«

Als Herr Taschenbier an diesem Tag von der Arbeit kam, wurde er von Frau Rotkohl schon im Flur erwartet.
»Herr Taschenbier«, sagte sie vorwurfsvoll und stellte sich ihm in den Weg. »Herr Taschenbier, heute haben

zwei Männer das Zimmer, das ich Ihnen freundlicherweise vermietet habe, mit gewalztem Metall voll gestellt. Würden Sie mir vielleicht verraten, was das zu bedeuten hat?!«
Herr Taschenbier strahlte.
»Ach, dann ist das Blech also pünktlich gekommen. Schön, schön!«, sagte er, ging um Frau Rotkohl herum und öffnete die Tür zu seinem Zimmer.
»Schön?«, fragte sie. »Was wollen Sie denn damit anfangen?«
»Das werden Sie in einer Viertelstunde erfahren. Es soll eine Überraschung werden«, sagte Herr Taschenbier bedeutungsvoll und schloss die Tür.
»Überraschung?«, wiederholte Frau Rotkohl und ging in die Küche, um ihr Abendbrot vorzubereiten.
Fünf Minuten später klopfte Herr Taschenbier an die Küchentür. »Frau Rotkohl, wären Sie so nett mir einen Stuhl zu leihen?«, fragte er freundlich.
Frau Rotkohl sah ihn überrascht an. »Erwarten Sie Besuch?«, fragte sie.
Herr Taschenbier schüttelte den Kopf. »Nein, es ist nur für das Blech.«
»Bitte, wenn es sein muss«, sagte sie und schaute kopfschüttelnd zu, wie er den Stuhl zu seinem Zimmer trug. Als er die Tür öffnete, konnte sie einen kurzen Blick nach drinnen erhaschen: Die Bleche standen wie vorher an die Wand gelehnt. Immer noch kopfschüttelnd setzte sie sich an den Küchentisch. Aber sie saß kaum, da klopfte es schon wieder.
»Frau Rotkohl, wären Sie so freundlich mir einen großen

Kochlöffel und ein Nudelholz zu leihen?«, fragte Herr Taschenbier diesmal.
Einen Augenblick starrte sie ihn sprachlos an. »Warum? Wollen Sie backen? Warum tun Sie das nicht in der Küche? Sie erwarten also doch Besuch!«, rief sie dann.
»Nein, nein. Es ist nur für das Blech«, sagte er.
Ehe sie noch etwas sagen konnte, war er schon mit einem Kochlöffel und dem Nudelholz verschwunden. Sie rannte hinter ihm her und sah gerade noch, dass eins der Bleche jetzt auf nebeneinander stehenden Stühlen lag. Die beiden anderen standen daneben an der Wand. Dann machte Herr Taschenbier seine Tür hinter sich zu.
»Da bin ich aber wirklich gespannt, was das für eine Überraschung geben soll«, sagte Frau Rotkohl vor sich hin. Kaum hatte sie sich aber wieder an den Küchentisch gesetzt, da sprang sie, von einem entsetzlichen Krach erschreckt, jäh in die Höhe.
Es dröhnte, schepperte und donnerte aus Herrn Taschenbiers Zimmer, dass die Tassen im Küchenschrank auf und ab sprangen und die Fensterscheiben klirrten wie bei einem Erdbeben. Man hatte das Gefühl, gleich werde das ganze Haus zusammenbrechen.
»Herr … Herr … Taschen…bier«, rief Frau Rotkohl, stürzte aus der Küche und riss die Tür zu seinem Zimmer auf. Das, was sie da sah, verblüffte sie so sehr, dass es ihr die Sprache verschlug.
Herr Taschenbier hopste mit ernstem Gesicht auf dem Blech herum, das er über die beiden Stühle gelegt hatte, hielt in der rechten Hand das Nudelholz, in der linken den Kochlöffel und schlug damit abwechselnd auf die beiden

Bleche, die an der Wand lehnten. Er war so angestrengt bei der Sache, dass er Frau Rotkohl in der offenen Tür gar nicht zu bemerken schien.
Dann aber hatte Frau Rotkohl ihre Sprache wiedergefunden und schrie los: »Sind Sie denn total verrückt geworden? Was soll das Gedonnere? Soll das vielleicht Ihre Überraschung sein? Darauf kann ich gern verzichten. Sie hetzen uns ja noch die Polizei auf den Hals, wenn Sie so weiterdonnern, Sie …«
Herr Taschenbier unterbrach sein Hüpfen, sprang vom Stuhl und machte ein paar Schritte auf Frau Rotkohl zu.
»Was haben Sie gerade gesagt? Haben Sie gesagt ›weiterdonnern‹?«, rief er.
»Jawoll, weiterdonnern!«, schrie Frau Rotkohl. »Sie ma-

chen ja mehr Donner als zwei Gewitter, Sie müssen völlig übergeschnappt sein!«
»Mehr Donner, mehr Donner!«, rief Herr Taschenbier begeistert. »Frau Rotkohl, Sie sind ein Schatz! Am liebsten würde ich Ihnen einen Kuss geben.«
Frau Rotkohl trat hastig einen Schritt zurück. »Unterstehen Sie sich!«, rief sie empört.
»Donner, Donner, Don-Don-Donner«, sang Herr Taschenbier. »Es hat gedonnert an einem Donnerstag!«
»Jetzt singt er auch noch«, murmelte Frau Rotkohl erschrocken und trat noch zwei Schritte zurück. Dann gab sie sich aber einen Ruck, ging ganz vorsichtig auf Herrn Taschenbier zu, legte ihm beruhigend die Hand auf die Schulter und sagte langsam und eindringlich: »Herr Taschenbier, ich glaube, Sie sind etwas überarbeitet. Sie haben wahrscheinlich ziemlich viel Ärger gehabt in den letzten drei Wochen, Ihre Nerven sind ein bisschen gereizt. Sie gehen mal ganz früh ins Bett, ja? Und morgen, am Freitag, bleiben Sie zu Hause, ja? Da machen Sie mal einen Tag frei, ja?«
»Richtig«, sagte Herr Taschenbier. »Am Freitag frei! Ganz recht!«
»Schön, dass Sie so einsichtig sind«, lobte Frau Rotkohl. »Ich werde morgen Ihren Chef anrufen und ihm sagen, dass Sie krank sind und erst am Montag wiederkommen, ja? Und nun lasse ich Sie allein, damit Sie in aller Ruhe ins Bett gehen und richtig schön ausschlafen können, ja?«
»Ja, ja«, sagte Herr Taschenbier gut gelaunt und fing schon wieder an zu singen:

»Am Donnerstag, da donnre ich,
am Freitag mach ich frei,
dann kommt vielleicht das Hm-hm-hm
am Samstag hier vorbei.«

»Wer kommt vorbei?«, fragte Frau Rotkohl hellhörig.
»Das wird eine Überraschung«, sagte Herr Taschenbier.
»Was, schon wieder eine?«, rief Frau Rotkohl. »Die eine hat mir vollauf gereicht. Gute Nacht!«
»Gute Nacht«, sagte Herr Taschenbier, schloss die Tür, legte sich wirklich ins Bett und blieb da nicht nur die Nacht, sondern auch den halben Freitag.
Am Samstag wachte Herr Taschenbier ganz früh auf. Er versuchte noch ein bisschen zu schlafen, aber er war zu aufgeregt, es ging nicht. Den ganzen Vormittag blieb er in seinem Zimmer. Immer ungeduldiger wanderte er auf und ab und schaute ständig nach der Uhr. Gegen Mittag kam ihm eine Idee. »Ich Ochse!«, rief er. Dann fiel ihm Herr Mon ein und er verbesserte sich schnell: »Ich Dummkopf! Das Sams ist mir ja damals auf der Straße begegnet. Ich muss wieder in die Stadt gehen, wenn ich es finden will.«
Hastig zog er seine Jacke an und ging aus dem Zimmer. Frau Rotkohl hatte wohl seine Tür gehört. Jedenfalls steckte sie den Kopf aus der Küchentür und fragte: »Wo wollen Sie denn hin?«
»Spazieren gehen.«
»Soso, spazieren gehen. Na ja, besser, als wenn Sie sich wieder solche schaurigen Überraschungen ausdenken wie vorgestern.«
Herr Taschenbier ging zu der Straßenecke, an der er das

Sams zum ersten Mal getroffen hatte. Aber da standen keine Leute. Niemand. Kein Sams weit und breit. Er lief durch die Stadt, suchte alle Straßen ab, schaute in alle Hauseingänge, öffnete sogar den Deckel einer Mülltonne, weil er etwas darin rascheln hörte. Aber es war nur eine streunende Katze. Das Sams war nicht gekommen. Als es schon dunkel wurde, ging er traurig nach Hause.

Frau Rotkohl schaute aus ihrem Wohnzimmer, als er in sein Zimmer ging. »Ach, Sie sind es. Das war aber ein langer Spaziergang«, sagte sie.

Herr Taschenbier gab keine Antwort. Müde und enttäuscht knipste er das Licht an. Leer. Niemand erwartete ihn hier. Wahrscheinlich war das Donnern doch nicht richtig gewesen. Es hätte ein echtes Gewitter mit echtem Donner sein müssen, überlegte er, während er sich auf dem Stuhl niederließ, den er sich zum Donnern aus der Küche geholt hatte.

Kaum hatte er sich gesetzt, brach der Stuhl krachend unter ihm zusammen und Herr Taschenbier landete unsanft auf dem Boden und unter dem Tisch.

»Hallo, Papa!«, sagte eine wohl bekannte Stimme hinter dem Tisch. Sie klang recht kleinlaut. »Hätte ich die Stuhlbeine nicht anknabbern dürfen? Bist du mir jetzt böse?«

»Das Sams!«, schrie Herr Taschenbier und sprang voll Freude in die Höhe, ohne daran zu denken, dass er ja unter der Tischplatte saß. »Das Sams! Das Sams ist da!«

Eigentlich hätte er sich den Kopf beim Aufspringen fürchterlich anschlagen müssen. Aber da, wo am Vormittag noch die Tischplatte gewesen war, verdeckte jetzt die

glatt gestrichene Tischdecke ein großes Loch. Nun stand Herr Taschenbier aufrecht zwischen den vier Tischbeinen, hatte die weiße Tischdecke über dem Kopf hängen und fuchtelte in der Luft herum.
»Gute Idee, Papa! Wir spielen Gespenster«, rief das Sams begeistert, als es Herrn Taschenbier so sah, hopste zum Bett, zog das Bettlaken herunter und stülpte es sich auch über den Kopf.
Im selben Augenblick ging die Tür auf. Frau Rotkohl stand draußen und fragte: »Mit wem reden Sie eigentlich? Soll das Ihre Überraschu-hu-huuu …« Erschrocken knallte sie die Tür von draußen zu und ließ die beiden Gespenster unbehelligt in Herrn Taschenbiers Zimmer zurück.
Herr Taschenbier hatte sich inzwischen aus der Tischdecke befreit, stieg aus dem Tischrahmen und zog dem Sams das Bettlaken vom Kopf.
»Wie schön, dass du wiedergekommen bist!«, rief er. »Ich freue mich riesig. Obwohl es ja gleich wieder schrecklich aufregend anfängt!«
»Schrecklich?« Das Sams schaute ihn grinsend an. »Ja, da hast du Recht. Frau Rotkohl hat einen schrecklichen Schreck gekriegt. Sie ist aber auch Erschrecken erregend erschreckbar und erschreckend schreckhaft. Wirklich schrecklich …«
»Und ich möchte jetzt schrecklich gern wissen, wo meine Tischplatte hingekommen ist«, unterbrach Herr Taschenbier das Sams lachend.
»Die Tischplatte?«, fragte das Sams schuldbewusst. »Weißt du, Papa, den ganzen Nachmittag allein hier im

HOTEL
JAN
FEB

Zimmer, da bekommt man eben Hunger. Und Holz schmeckt ziemlich gut, verstehst du?«
»Nicht so schlimm. Hauptsache, dass du erst mal da bist«, sagte Herr Taschenbier. »Jetzt werde ich ja bald eine Wunschmaschine haben, die funktioniert. Für die ist eine neue Tischplatte eine Kleinigkeit. – Aber das werden wir alles morgen erledigen. Jetzt werden wir erst mal Wiedersehen feiern.«
»Ja, Papa, mit einem Gedicht«, rief das Sams und freute sich. »Ist ganz frisch gedichtet:

Das Sams, das aß,
das Sams, das fraß,
weil es so Hunger hatte,
Bein eins vom Stuhl,
Bein zwei vom Stuhl,
Bein drei vom Stuhl,
Bein vier vom Stuhl
und von dem Tisch die Platte.«

2. KAPITEL
Wunschmaschinenwünsche

Am Sonntagmorgen glaubte Herr Taschenbier zu träumen, als in seinem Zimmer jemand laut sang. Er drehte sich auf die andere Seite. Aber das Singen hörte nicht auf. Da fiel ihm ein, dass ja das Sams zurückgekommen war. Er wurde ganz wach, setzte sich auf und schaute sich im Zimmer um.

Das Sams hatte die Tischdecke mit Reißzwecken so am leeren Tischrahmen befestigt, dass sie wie eine Hängematte nach innen durchhing. In dieser Hängematte saß es nun, schaukelte und sang:

»Am Samstagmittag, zwölf Uhr zwölf,
kam ich in dieses Zimmer hier.
Ich stieg nicht durch das Fenster ein,
nein, diesmal kam ich durch die Tür.«

Herr Taschenbier strahlte. »Schön, dass ich mal wieder mit einem Lied geweckt werde«, sagte er zufrieden. »Das hat mir lange gefehlt.«

»Na, schön ist das Lied noch nicht. ›Tür‹ und ›hier‹, das reimt sich nicht besonders gut«, meinte das Sams kritisch. »Ich fange lieber noch einmal an:

Am Samstagmittag, zwölf Uhr zwölf,
kam ich in dieses Zimmer hier.

Jetzt bin ich schon zwei Stunden wach
und sing für Papa Taschenbier.«

Herr Taschenbier nickte zustimmend. »So ist es natürlich noch schöner«, sagte er. »Aber am allerschönsten wäre es, wenn du etwas leiser singen würdest, damit dich Frau Rotkohl nicht hört.«

Das Sams stöhnte. »Ach, geht das schon wieder los! Muss ich mich jetzt wieder verstecken, damit sie mich nicht sieht?«

»Für den Anfang wäre das sehr gut«, sagte Herr Taschenbier. »Morgen kann ich ihr ja schonend beibringen, dass der kleine Robinson wieder im Haus ist.«

Das Sams schaute ihn erstaunt an. »Schimpft sie denn

noch mit dir?«, fragte es. »Du hast doch damals gewünscht, dass sie immer, wenn sie mit dir schimpfen will, etwas Freundliches sagt.«

»Sie ist schon etwas freundlicher als früher«, sagte Herr Taschenbier. »Aber manchmal schimpft sie doch. In letzter Zeit sogar öfter.«

»Ja, das kann ich verstehen«, sagte das Sams. »Wenn ein Sams längere Zeit nicht da ist, verblassen die Wünsche allmählich. Bis sie am Ende kaum noch wirken. Aber nun bin ich ja da. Du wirst sehen, jetzt schimpft sie nicht mehr.«

»Das ist gut«, sagte Herr Taschenbier und stieg aus dem Bett. »Obwohl mir ihr Schimpfen nicht mehr so viel ausmacht wie früher.«

»Das ist besser«, lobte das Sams.

»Manchmal schimpfe ich sogar zurück«, erzählte Herr Taschenbier stolz.

»Das ist am besten«, sagte das Sams zufrieden. »Ein bisschen hast du doch von mir gelernt.«

Herr Taschenbier betrachtete das Sams zum ersten Mal im vollen Tageslicht. Es sah genauso aus wie beim ersten Mal, als er es auf der Straße gefunden hatte: Rüsselnase, blaue Punkte im Gesicht und den ganzen Rücken voller borstiger Haare. So saß es in seiner Tischdeckenhängematte und grinste zu Herrn Taschenbier hinüber.

»Wo hast du eigentlich deinen Taucheranzug gelassen?«, fragte Herr Taschenbier.

»Der hat gar nicht gut geschmeckt«, sagte das Sams und schüttelte sich angewidert. »Gummi ist ziemlich zäh. Obwohl ich mal einen Hosenträger erwischt habe, der ganz

ausgezeichnet geschmeckt hat. Aber der war schon alt und gut abgehangen.«
»So, der Taucheranzug ist also weg«, sagte Herr Taschenbier. »Na ja, inzwischen weiß ich ja, dass wir deswegen nicht extra ins Kaufhaus gehen müssen. Mit einem Sams im Haus kann ich mir ja alles herwünschen. Ich fange mal gleich an damit: Ich wünsche mir einen schönen, neuen blauen Taucheranzug!«
»Wirklich, Papa?«, fragte das Sams erstaunt.
Und weil nicht sofort etwas geschah, wiederholte Herr Taschenbier ein wenig ungeduldig: »Ich wünsche mir einen schönen neuen Taucheranzug!«
»Einer hätte doch wirklich genügt!«, sagte das Sams kopfschüttelnd. Im selben Augenblick verschwanden zwei Punkte aus seinem Gesicht – und Herr Taschenbier hatte über seinem Schlafanzug noch zwei Taucheranzüge an.
»Was ist denn das für ein Unsinn?«, schimpfte Herr Taschenbier und öffnete erst mal den Reißverschluss des oberen Taucheranzugs. In seinen drei Anzügen wurde ihm ziemlich warm.
Das Sams schaute ihn verständnislos an. »Wieso Unsinn?«, fragte es. »Das sind doch zwei schöne, neue Taucheranzüge, ganz wie gewünscht. Schau mal, da hängt sogar noch das Preisschild dran: dreihundertachtundneunzig Mark!«
»Aber ich will gar keinen Taucheranzug«, schimpfte Herr Taschenbier. »Und schon gar nicht zwei!«
»Warum hast du sie dir dann gewünscht?«
»Ich wollte für dich einen Taucheranzug, das war doch

klar. Und nicht zwei für mich!«, sagte Herr Taschenbier ärgerlich, während er versuchte sich aus den beiden engen Anzügen herauszuzwängen.
»Du hast aber gesagt: Ich wünsche *mir* einen schönen Taucheranzug«, sagte das Sams. »Und dann hast du dir noch einmal dasselbe gewünscht. Du musst das nächste Mal genauer wünschen.«
»Ach so«, sagte Herr Taschenbier. Inzwischen war es ihm gelungen, auch den zweiten Taucheranzug auszuziehen. »Also noch einmal von vorn: Ich wünsche, dass das Sams einen schönen, neuen blauen Taucheranzug anhat!«
Kaum hatte er das ausgesprochen, hatte das Sams einen Punkt weniger im Gesicht und saß im Taucheranzug in der Hängematte.
»Sehr fein«, sagte das Sams und zog begeistert den Reißverschluss auf und zu. »Die im Kaufhaus werden sich morgen ganz schön wundern, wenn plötzlich drei Taucheranzüge fehlen, was?!«
Herr Taschenbier schaute das Sams erschrocken an. »Wieso?«, fragte er. »Willst du damit sagen, dass sie aus dem Kaufhaus stammen?«
»Na, irgendwo müssen die Anzüge ja herkommen«, sagte das Sams. »Hast du nicht die Preisschilder gesehen? Da steht doch der Name vom Kaufhaus drauf.«
»Was mache ich nur mit meinen Taucheranzügen?«, jammerte Herr Taschenbier, raffte sie vom Boden auf und steckte sie in den Schrank. »Stell dir vor, Frau Rotkohl liest übermorgen in der Zeitung, dass Taucheranzüge aus dem Kaufhaus gestohlen worden sind, und findet die

zwei hier in meinem Zimmer! Die wird mich ja für einen Dieb halten. Und wenn sie die Anzüge erst in meinem Schrank findet, bin ich noch verdächtiger. Dann sieht es aus, als hätte ich sie dort versteckt!«
»Hast du ja auch, Papa.«
»Aber ich weiß schon einen Ausweg. Gut, dass mir das so schnell eingefallen ist! Pass auf: Ich wünsche, dass die Taucheranzüge wieder dahin verschwinden, wo sie hergekommen sind!«
Kaum hatte er ausgewünscht, verschwanden drei Punkte aus dem Samsgesicht. Nacheinander verschwanden der eine Taucheranzug, der zweite und schließlich der vom Sams.
»Ach, schade«, sagte das Sams und schaute auf seinen nackten Bauch hinunter.
»Warum ist denn dein Taucheranzug auch weg?«, fragte Herr Taschenbier aufgebracht. »Du solltest doch deinen anbehalten, nur die beiden überflüssigen sollten verschwinden.«
»Ich habe es dir doch schon erklärt, Papa. Du musst viel, viel genauer wünschen. Du kannst nicht sagen ›die Taucheranzüge‹, wenn du nur zwei von dreien meinst.«
Herr Taschenbier setzte sich auf die Bettkante. Das Wünschen war gar nicht so leicht, wie er es sich vorgestellt hatte. Er überlegte kurz, dann sagte er: »Ich wünsche, dass das Sams wieder seinen schönen, neuen blauen Taucheranzug anhat!«
Wieder verschwand ein Punkt und das Sams saß zufrieden im neuen Taucheranzug in seiner Tischdeckenhängematte.

Herr Taschenbier stellte erleichtert fest, dass diesmal alles gut gegangen war. Deswegen sagte er auch gleich: »Außerdem wünsche ich, dass der Stuhl wieder ganz ist. Sehr schön! Dann wünsche ich, dass die Tischplatte wieder fest auf dem Tisch liegt und …«
»He, Papa, pass doch auf!«, schrie das Sams mit dumpfer Stimme. »Wie soll ich denn da wieder rauskommen?«
Herr Taschenbier schaute verblüfft: Oben auf dem Tischgestell lag jetzt eine neue Tischplatte, aber vom Sams war nichts mehr zu sehen. Er bückte sich und sah unter den Tisch. Das Sams hing zwischen den vier Tischbeinen in seiner Tischdeckenhängematte und konnte sich kaum bewegen, so eingeklemmt war es durch die Platte.
»Oh, Verzeihung«, sagte Herr Taschenbier und fügte schnell hinzu: »Ich wünsche, dass die Tischplatte wieder weg ist!«
Aufatmend stieg das Sams aus seiner Tischdeckenmulde, löste die Decke ab und stellte sich damit neben den Tisch.
»So, jetzt kannst du es wünschen«, sagte es von dort.
»Ich wünsche, dass die Tischplatte wieder fest auf dem Tisch liegt«, sagte Herr Taschenbier und schaute gespannt zu, wie die Tischplatte wieder zurückkam und sich fest auf das Tischgestell fügte.
»So, nun die Tischdecke«, sagte das Sams und wollte die Decke ordentlich über den Tisch breiten.
»Nein, ich will das machen!«, rief Herr Taschenbier, dem das Wünschen immer mehr Spaß machte. »Ich wünsche, dass die Tischdecke wieder hübsch über dem Tisch liegt!«
Zufrieden schaute er zu, wie die Tischdecke sanft auf den Tisch glitt.

»Das sah gut aus«, sagte Herr Taschenbier. »Und jetzt wünsche ich, dass ich mich nicht selbst waschen muss, sondern gewaschen werde. Aber doch nicht so kalt! Ich wünsche, dass ich mit warmem Wasser gewaschen werde. So war's richtig. Jetzt wünsche ich, dass ich abgetrocknet bin. Sehr schön trocken! So, jetzt wünsche ich, rasiert zu werden! Und dass ich bereits angezogen bin.«
Herr Taschenbier schaute an sich herunter: Er saß im blauen Anzug auf der Bettkante.
»Doch nicht der Anzug!«, rief er. »Der ist viel zu feierlich. Ich wünsche, dass der Anzug wieder im Schrank verschwindet. Nun wünsche ich mir folgende Sachen an: Meine Unterwäsche! Richtig! Mein rot kariertes Hemd, sehr schön. Jetzt die braune Cordhose, gut, den linken Strumpf, den rechten Strumpf, und nun die Schuhe! Sehr gut, ganz ausgezeichnet!«
Das Sams war überhaupt nicht begeistert. Im Gegenteil, es machte ein ganz bedenkliches Gesicht.
»Was ist denn? Habe ich etwas falsch gemacht?«, fragte Herr Taschenbier.
»Das nicht, Papa. Aber hast du mitgezählt, wie viel Punkte du mir bereits weggewünscht hast? Vierundzwanzig! Vierundzwanzig Punkte in zwölf Minuten, das sind zwei pro Minute. Wenn du in diesem Tempo weiterwünschst, hast du mir in vier Minuten dreißig Sekunden sämtliche Punkte aus dem Gesicht gewünscht. Vielleicht solltest du ein paar übrig lassen für wichtigere Wünsche.«
»Du hast Recht, du hast Recht«, sagte Herr Taschenbier erschrocken. »Das habe ich gar nicht bedacht. Höchste Zeit, dass wir die Wunschmaschine in Gang setzen. Sonst

ist der letzte Punkt verbraucht und die Wunschmaschine geht immer noch nicht.«
»Wo hast du sie eigentlich, Papa?«, fragte das Sams und schaute sich im Zimmer um.
»Ich habe sie oben auf dem Speicher verstaut. Hier stand sie mir im Weg. Ich konnte ja doch nichts damit anfangen«, erzählte Herr Taschenbier. »Ich werde uns gleich mal hinwünschen.«
»Muss das sein? Da können wir doch zu Fuß hingehen«, sagte das Sams.
»Ach was, bei deinen neun Punkten können wir uns ruhig noch einen Wunsch leisten«, sagte Herr Taschenbier. »Ich wünsche, dass wir auf dem Speicher stehen.«
Kaum hatte er ausgesprochen, standen die beiden schon in einem halbdunklen Bodenraum. »Acht!«, sagte das Sams.
»Wie bitte?«, fragte Herr Taschenbier.
»Jetzt habe ich nur noch acht Punkte«, sagte das Sams vorwurfsvoll.
»Ach so«, sagte Herr Taschenbier. »Schau mal, der Speicher sieht völlig verändert aus. Viel größer als vorher. Ich habe doch gar nicht gewünscht, dass er anders sein soll. Nur dass wir dort stehen. Und die Wunschmaschine ist auch weg! Jemand muss die Maschine geklaut haben!«
»He, hallo, wer ist denn da oben?«, ertönte plötzlich von unten eine tiefe Männerstimme und dann hörten sie schwere Schritte die Treppe hochkommen.
»Das … das war nicht Frau Rotkohl«, sagte Herr Taschenbier überrascht. »Wen hat sie denn wohl zu Besuch?«
Gleich darauf wurde die Speichertür aufgestoßen, ein Mann stand im Türrahmen, stemmte die Hände in die

Hüften und rief: »Können Sie mir vielleicht erklären, was Sie hier oben suchen?!«
»Eine Maschine«, sagte Herr Taschenbier. »Wer sind Sie überhaupt?«
»Ich? Ich bin Herr Lürcher. Aber wer sind Sie?«, rief der Mann. »Und wie kommen Sie hierher?«
»Ach, ich verstehe«, sagte Herr Taschenbier lächelnd. »Sie haben uns nicht heraufkommen hören, weil Sie sich gerade mit Frau Rotkohl unterhielten, und da …«
Herr Lürcher unterbrach ihn ärgerlich. »Hören Sie auf mit dem Geschwafel! Erklären Sie mir endlich, was Sie hier in meinem Haus wollen, sonst hole ich die Polizei!«, rief er.

»Wieso in *Ihrem* Haus?«, fragte Herr Taschenbier. Dann ging ein Leuchten über sein Gesicht. »Ach, endlich verstehe ich!«, rief er. »Ich Esel! Ich meine natürlich: Ich Trottel! Jetzt wird mir alles klar: Frau Rotkohl hat heimlich geheiratet. Warum hat sie mir denn nichts gesagt! Und Sie sind dann also Herr Rotkohl, gewissermaßen. Ich meine, ihr Mann, und deshalb gehört das Haus jetzt auch Ihnen. Deshalb können Sie auch sagen ›mein Haus‹. Na, dann herzlichen Glückwunsch!«
Er ging mit ausgestreckter Hand auf Herrn Lürcher zu, um ihm zu gratulieren. Der wich erschrocken zurück, knallte Herrn Taschenbier die Tür vor der Nase zu und schloss von außen zweimal ab. Gleich darauf hörten sie ihn eilig die Treppe hinunterpoltern.
»Einen merkwürdigen Herrn hat Frau Rotkohl da ausgewählt, ich hätte ihr einen besseren Geschmack zugetraut«, stellte Herr Taschenbier fest. »Was machen wir nur? Wir können doch nicht aus dem Fenster steigen, oder?« Er ging zum Fenster und schaute nach unten.
»Was ist denn das?«, rief er bestürzt. »Wo sind wir denn hier? Da unten fährt ja die Straßenbahn. Wir sind gar nicht in Frau Rotkohls Haus. Wo sind wir nur?«
»Wir sind auf einem Speicher, wie du es dir gewünscht hast, Papa«, sagte das Sams. »Es ist sogar ein ganz besonders schöner und großer.«
»Ich wollte doch auf *unserem* Speicher stehen. In Frau Rotkohls Haus. Das war doch klar«, sagte Herr Taschenbier.
»Aber Papa, ich habe dir doch schon zweimal gesagt, dass du viel, viel genauer wünschen musst. Es kommt

beim Wünschen überhaupt nicht darauf an, was man sich dabei denkt, sondern nur auf das, was man ausspricht. Und du hast nicht gesagt: auf dem Speicher von Frau Rotkohls Haus. Das musst du zugeben!«
»Was machen wir jetzt? Ich glaube, da hilft nur wegwünschen«, sagte Herr Taschenbier. »Sowieso höchste Zeit. Ich höre schon jemanden kommen!«

Herr Lürcher kam mit zwei Polizisten die Treppe hoch.
»Aber Vorsicht, es sind zwei merkwürdige Typen, ganz sonderbar«, erklärte er ihnen, während sie hochstiegen. »Der Kleine hat einen Gummianzug an. Der Große redet immer nur wirres Zeug. Er will mich mit einem Rotkohl verheiraten, glaube ich.«
Die beiden Polizisten schauten ihn zweifelnd von der Seite an. »Da oben sollen die beiden sein?«, fragte der eine. »Und Sie haben sie nicht raufgehen sehen? War denn die Haustür offen?«
»Aber nein«, sagte Herr Lürcher. »Sie war zu. Sonst könnte ja jeder hier hereinspazieren.«
»Irgendwie müssen die beiden doch hereingekommen sein. Oder?«, fragte der andere Beamte.
»Das ist ja jetzt nicht so wichtig«, wehrte Herr Lürcher unwillig ab. »Der Große sucht da oben jedenfalls seine Maschine. Sie werden es ja gleich sehen.«
Sie waren vor der Tür angelangt.
»Lassen Sie mich mal!«, sagte der Polizist, schob sich vor, drehte leise den Schlüssel und öffnete die Tür mit einem Ruck. »Leer!«, sagte er. »Da ist niemand!«
Herr Lürcher streckte seinen Kopf vor. Der Speicher war

leer, bis auf ein paar verstaubte Einmachgläser, die in einem ausgedienten Küchenregal standen.
Er drehte sich verblüfft zu den beiden Polizisten um und fragte: »Wieso ist da niemand?«
»Das möchten wir *Sie* fragen«, sagte der andere Polizist. »Sie holen uns drüben vom Revier, zerren uns hier hinauf, um uns angeblich zwei Typen im Gummianzug zu zeigen ...«
»Einer. Nur einer hatte einen Gummianzug an!«, verbesserte Herr Lürcher.
»Ruhig jetzt!«, unterbrach ihn der erste Polizist. »Wissen Sie, was ich glaube: Sie wollen sich über uns lustig machen! Es macht wohl Spaß, zwei Polizisten fünf Treppen hochzujagen!«
»Drei Treppen«, verbesserte Herr Lürcher.
»Ich habe keine Lust mich mit Ihnen über Treppen zu streiten! Sie hören noch von uns! Das wird Sie einiges kosten. Es ist nicht billig, Polizisten an der Nase herumzuführen!«
»An der Nase? Aber ich wollte Sie gar nicht an der Nase herumführen, ich bin ja selber daran herumgeführt worden. Es tut mir Leid, wenn Sie sich herumgeführt fühlen. An der Nase, meine ich«, entschuldigte sich Herr Lürcher.
»Na gut, wir sehen noch einmal von einer Anzeige ab«, sagte der andere Polizist. »Das ist sowieso immer mit ziemlich viel Schreibkram verbunden. Aber wenn Sie sich noch einmal über einen Beamten lustig machen ...«
»Nie mehr«, sagte Herr Lürcher. »Und schon gar nicht über Sie.«

Damit gingen die beiden Polizisten wieder nach unten. Nur Herr Lürcher blieb oben auf dem Speicher und schüttelte immer noch fassungslos den Kopf.

»Das war knapp!«, sagte Herr Taschenbier zum Sams. Sie standen zu Hause in seinem Zimmer. »Hätte ich uns nur zehn Sekunden später hierher gewünscht, hätten sie uns auf dem fremden Speicher entdeckt. Das wäre ziemlich peinlich gewesen, was?«
»Sieben«, sagte das Sams.
»Wie bitte?«
»Jetzt habe ich noch sieben Punkte«, sagte das Sams.
»Dann muss ich wirklich ganz genau wünschen, damit ich nicht noch einen verschwende. Ich wünsche, dass wir beide auf unserem Dachboden direkt vor der Wunschmaschine stehen!«
»Sechs«, sagte das Sams und dann standen sie auch schon dort. Herr Taschenbier ging um die Maschine herum, betrachtete sie und wischte ein paar Spinnweben weg. Sie war ziemlich verstaubt.
»So, nun werde ich sie gleich in Gang bringen«, sagte er voller Vorfreude.
»Moment, halt, stopp, Papa!«, rief das Sams. »Ich muss dir erst alles erklären, damit du nichts Verkehrtes tust. Was hast du denn vor?«
»Ist doch klar: Ich werde mir einen Druckknopf an die Maschine wünschen, damit sie funktioniert, dann …«
»Halt! Ein Drehgriff ist viel besser. Den kann man leichter einstellen!«
»Na gut, einen Drehgriff. Dann …«

»Es ist aber nicht gut, wenn du dir hier oben einen Drehgriff wünschst.«
»So, warum?«
»Wenn die Maschine einmal funktioniert, dann soll man sie möglichst ruhig stehen lassen. Sie ist nämlich sehr empfindlich. Ich weiß nicht, ob du jedes Mal auf den Speicher steigen willst, wenn du einen Wunsch hast.«
»Nein, natürlich nicht«, sagte Herr Taschenbier. »Ich wünsche, dass diese Maschine sofort unten in meinem Zimmer auf dem Tisch steht!«
»Fünf«, sagte das Sams. »Hättest du uns wenigstens gleich mitgewünscht.«
»Das kann ich ja nachholen. Ich wünsche, dass wir beide unten in meinem Zimmer sind!«
»Vier«, zählte das Sams und die beiden standen unten in Herrn Taschenbiers Bett.
»Siehst du«, sagte das Sams, während es vom Bett sprang, »jetzt hast du wieder ungenau gewünscht. Du

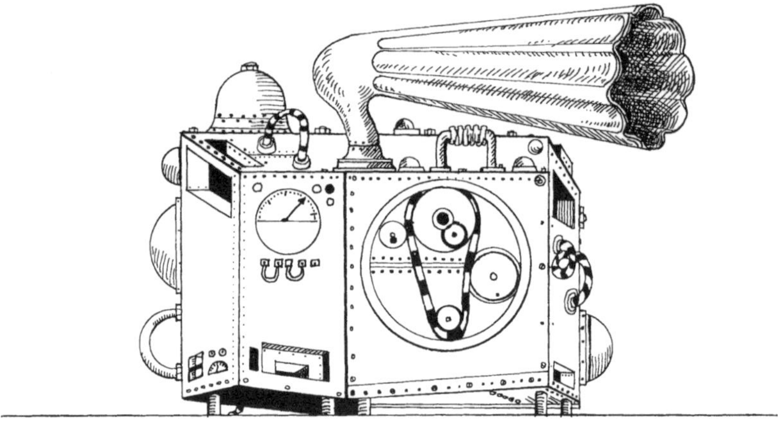

hast nicht gesagt, wo im Zimmer wir sein wollen. Gut, dass wir auf dem Bett gelandet sind. Wir hätten auch im verschlossenen Schrank stehen können, das wäre schließlich auch in deinem Zimmer gewesen.«
Herr Taschenbier aber hörte gar nicht richtig zu. Ihn interessierte mehr die Tischdecke. »Meine beste Tischdecke!«, jammerte er. »Wie die aussieht!«
Die Wunschmaschine stand nämlich so schmutzig und staubig auf dem Tisch, wie sie vorher oben auf dem Speicher gestanden hatte. Gerade kletterte eine dicke Spinne an einer Spinnwebe hoch, die vom Trichter der Maschine herabhing, und verschwand irgendwo im Gehäuse.
»Prrr«, machte Herr Taschenbier und schüttelte sich. »Ich wünsche, dass sofort aller Schmutz hier im Zimmer verschwunden ist und die Maschine genauso glänzt und strahlt wie am Anfang, als ich sie bekommen habe!«
»Drei«, sagte das Sams vorwurfsvoll, als aller Schmutz aus dem Zimmer verschwunden war und die Maschine sauber und glänzend auf dem Tisch stand.
»Jetzt muss ich aber aufpassen, dass ich keinen Fehler mache«, sagte Herr Taschenbier besorgt. »Viele Punkte sind ja nicht mehr übrig. Ich glaube, jetzt hab ich's: Ich wünsche, dass diese Maschine einen Drehgriff hat, mit dem man sie an- und abstellen kann.«
»Zwei«, sagte das Sams.
»Was ist denn, wo bleibt denn der Griff? Ich sehe ja gar keinen«, rief Herr Taschenbier aufgeregt.
»Geh doch mal um die Maschine herum«, sagte das Sams. Und wirklich entdeckte Herr Taschenbier an der anderen Seite der Maschine einen Metallhebel, der vorher

nicht da gewesen war. Neben dem Hebel brannte ein kleines rotes Lämpchen.
»Was soll denn das Licht bedeuten?«, fragte Herr Taschenbier.
»Das ist das Zeichen, dass die Maschine startbereit ist«, erklärte das Sams. »Du musst den Hebel auf EIN stellen und deinen Wunsch dort oben in den Trichter hineinsprechen. Wenn er erfüllt ist, stellst du den Hebel auf AUS. Das ist alles.«
»Ich muss die Maschine gleich ausprobieren«, sagte Herr Taschenbier. »Ich kann's kaum erwarten. Was soll ich denn nur wünschen?«
Er stellte den Hebel auf EIN und überlegte. Das Lichtchen begann ganz schnell zu blinken.
»Ich wünsch mir ganz viel Geld!«, sagte Herr Taschenbier in den Trichter.
»Wohin?«, flüsterte ihm das Sams zu. »Du musst sagen, wohin du es dir wünschst, sonst landet es irgendwo ...«
»Ach so: Ich wünsche mir ganz viel Geld hier in dieses Zimmer!«
Die Maschine gab einen Summton von sich und das rote Licht hörte auf zu blinken. Herr Taschenbier schaute sich um. Neben der Maschine auf dem Tisch lag ein Fünfmarkstück, das vorher nicht da gelegen hatte. Auf dem Stuhl entdeckte er einen Zwanzigmarkschein, auf dem Teppich unter dem Tisch noch einmal drei Geldscheine.
»Ist das alles?«, fragte Herr Taschenbier ein wenig enttäuscht. »Das soll ganz viel Geld sein?« Er hob die drei Scheine vom Boden auf und betrachtete sie. »Dreimal

zehn Dollar! Was soll ich denn mit amerikanischem Geld?!«

»Das ist ganz bestimmt nicht alles. Du musst nur danach suchen«, sagte das Sams. »Hier schau, im Schuh: sieben Fünfzig-Lire-Münzen! Und da im Buch: ein Hundert-Rubel-Schein! Schau mal in die Lampe: acht Schweizer Franken und ein Zehnmarkschein! Hier in der Vase: vierzehn Dinar! Es ist genau so, wie du es gewünscht hast, es ist ganz viel Geld im Zimmer. Du musst es nur finden.«

»Ich merke schon, ich habe wieder einmal nicht genau genug gewünscht«, sagte Herr Taschenbier. »Ich werde es gleich noch einmal versuchen: Ich wünsche, dass hier auf diesem Stuhl ein ganzer Waschkorb voll mit deutschem Geld steht!« Die Maschine begann wieder zu blinken und

zu summen. Gleich darauf stand ein ganzer Waschkorb voller Pfennige auf Herrn Taschenbiers Stuhl.
Herr Taschenbier ärgerte sich. »Wieder falsch!«, sagte er unwillig. »Ich kann doch nicht in ein Geschäft gehen und mit lauter Pfennigen bezahlen. Bevor ich wieder wünsche, muss ich mich erst mal hinsetzen und alles genau durchdenken.«
Er versuchte den zentnerschweren Waschkorb vom Stuhl zu zerren – mit dem Erfolg, dass der umkippte und Tausende von Pfennigen durch das Zimmer rollten.
Mit einem missbilligenden Blick auf die verstreuten Pfennige im Zimmer murmelte er: »Jetzt muss ich wohl erst mal Ordnung schaffen.« Dann baute er sich vor der Wunschmaschine auf und sagte: »Ich wünsche, dass dieser dumme Waschkorb hier aus dem Zimmer verschwindet und dazu noch das ganze Geld. Und zwar auf der Stelle!«
Sofort summte und blinkte die Maschine wieder, der Waschkorb verschwand so schnell, wie er erschienen war, und mit ihm alle Pfennige, Markscheine, Dollar, Rubel, Dinar – kurz, das ganze Geld, das sich im Zimmer befunden hatte.
Dann hörte das rote Licht auf zu leuchten und der Hebel stellte sich mit einem leisen Klicken automatisch auf AUS.
»Was ist denn nun schon wieder?«, fragte Herr Taschenbier gereizt.
»Die Maschine ist wahrscheinlich überarbeitet«, meinte das Sams. »Dann stellt sie sich automatisch aus, bis sie sich erholt hat. Mehr als drei Wünsche in so kurzer Zeit schafft die beste Wunschmaschine nicht.«

»Und wie lange braucht sie, um sich zu erholen?«, fragte Herr Taschenbier.
»Das kann man nie genau vorhersagen. Zwischen neun Minuten und neun Stunden«, erklärte das Sams.
»Neun Stunden? So lange will ich nicht vor der Maschine sitzen und warten. Wir gehen aus und essen. Und wenn wir wiederkommen, hat sie sich hoffentlich erholt.«
Herr Taschenbier ging zum Kleiderhaken und holte seine Jacke.
»Essen? Sehr feine Idee, Papa! Essen ist immer gut«, sagte das Sams. »Wohin gehen wir denn?«
»In irgendein Esslokal«, sagte Herr Taschenbier.
»Sehr schön! Essen gehn – du, das reimt sich fast, Papa. Ich dichte mal gleich weiter:

Heute gehn wir essen,
heute gehn wir aus.
Heute hält uns niemand
und nichts in diesem Haus.
Wir gehen heut zum ersten Mal
zusammen in ein Esslokal!«

Unter der Tür blieb das Sams stehen und fragte beiläufig:
»Muss man das Essen auch bezahlen?«
»Aber natürlich«, sagte Herr Taschenbier lachend.
»Womit denn?«
»Na, mit Geld!«
»Mit welchem Geld?«
»Mit welchem? Mit meinem natürlich. Du hast ja keins.«
»Mit welchem deinem? Zeigst du es mir?«
»Glaubst du, ich würde etwas essen und dann ohne zu bezahlen einfach verschwinden?« Herr Taschenbier holte

seinen Geldbeutel aus der Tasche und hielt ihn dem Sams geöffnet unter den Rüssel. »Hier, das wird reichen!«
»Wird das reichen?«, fragte das Sams zweifelnd und schaute in den leeren Geldbeutel. »Da müssen wir aber ein billiges Essen aussuchen, eins für null Mark nullundnullzig.«
»Wie?«, fragte Herr Taschenbier und schaute in den Geldbeutel. »Der ist ja leer! Jemand hat mir mein Geld gestohlen.«
»Ich fürchte, du hast es dir selber gestohlen«, sagte das Sams. »Hast du nicht gewünscht, dass *alles* Geld aus dem Zimmer verschwinden soll?«
»Ach, ich Dummkopf!«, rief Herr Taschenbier ärgerlich. »Jetzt können wir nicht einmal essen gehen. Nur dasitzen und warten. Bis sich diese dämliche Maschine endlich erholt hat.«
»Schimpf nicht, Papa«, flüsterte das Sams. »So eine Wunschmaschine braucht auch mal ihre Ruhe. Bis sie wieder geht, können wir ja Mensch ärgere dich nicht! spielen.«
»Meinetwegen«, sagte Herr Taschenbier, holte das Spielbrett aus dem Regal und die beiden begannen zu spielen. Nach zwei Stunden leuchtete plötzlich das rote Lämpchen an der Maschine wieder auf. Das Sams merkte es sofort: »Guck mal, Papa, du kannst wieder wünschen!«
Herr Taschenbier stand auf, stellte den Hebel an der Maschine auf EIN, wartete, bis das Licht anfing zu blinken, und sagte dann: »Ich wünsche, dass hier auf diesem Stuhl eine ganze Menge Zwanzigmarkscheine liegen!«
»Richtig!«, lobte das Sams und schaute mit Herrn Ta-

schenbier zu, wie sich auf dem Stuhl die Geldscheine häuften und allmählich ein kleiner Geldhügel entstand. Dann hörte die Maschine auf zu summen und das Licht auf zu blinken. Herr Taschenbier stellte den Hebel auf AUS, stopfte sich beide Jackentaschen so voll mit Geldscheinen, dass sie ganz ausgebeult wurden, und sagte zum Sams: »So, jetzt gehen wir ganz groß aus!«

Das Sams wackelte vor Staunen mit dem Rüssel. »Ganz groß? Wirklich? Wie groß willst du uns denn wünschen?«, fragte es. »Pass nur auf, dass wir dann noch durch die Tür passen!«

»Nein, ich meine doch damit, dass wir ganz, ganz schön essen gehen.«

»Und ganz, ganz viel essen gehen!«

»Mach dir nur keine übertriebenen Hoffnungen. Wir werden eine Vorspeise essen, ein Hauptgericht und eine Nachspeise«, bestimmte Herr Taschenbier.

»Vorspeise!«, schwärmte das Sams. »Ich kann mir die Vorspeise schon vorzüglich vorstellen. Ich glaube, ich fange mit Salat an.«

»Dieser Anfang ist genehmigt«, sagte Herr Taschenbier. »Was stellst du dir denn für einen Salat vor?«

»Ich kann dir ja mal vorerzählen, wie ich mir die Vorspeise vorstelle«, sagte das Sams. »Oder soll ich es dir schnell vorreimen?«

»Vorreimen!«

»Sehr gut«, sagte das Sams. »Die vorgereimte Vorspeise:

Es geht los mit zwei Salaten:
Kissenfüllung mit Tomaten,
klein geschnittne Lederhose,

angemacht mit Essigsoße,
Zwiebel, Öl und Majoran,
etwas Petersilie dran,
Sägemehl mit Butterschmalz
und ein halbes Pfündchen Salz.

Wie findest du diesen vortrefflichen Vorspeisen-Vorschlag, Papa?«

»Abscheulich«, sagte Herr Taschenbier.

»Dann begeistert dich vielleicht das Hauptgericht:

Ein Küchenhocker, gut gegrillt,
ein Bilderrahmen ohne Bild,
Stangenbohnen mit der Stange,
geschmorte Klappern von der Schlange,
Pizza, fein garniert mit Steinen,
Nudelreis, nebst einer kleinen
Wanne voll Kartoffelschnitten,
dazu Teppich – weich geritten.

Das wäre das hauptsächliche Hauptgericht. Wie findest du es, Papa?«

»Grässlich«, sagte Herr Taschenbier.

»Ja? Dann kannst du dich vielleicht für nachfolgenden Nachtisch nachgerade erwärmen:

Zum Nachtisch wähl ich Apfelschalen,
Pflaumenkerne, grob gemahlen,
Spiegelei mit Marmelade,
Bratkartoffelschokolade
und zum Abschluss eine große
Schüssel Sauregurkensoße.

Das findest du bestimmt gut, Papa – oder?«

»Das dreht mir den Magen um«, sagte Herr Taschenbier.

»Aber wir brauchen uns darüber gar nicht zu unterhalten. Solche ausgefallenen Sachen wirst du hier in unserer Stadt nicht bekommen.«
»So? Was soll ich denn dann essen? Was gibt es denn hier?«
»Du bestellst am besten das Gleiche wie ich«, riet ihm Herr Taschenbier. »Dann machst du wenigstens keinen Fehler. Ich muss dir vorher sowieso noch ein paar Regeln beibringen. Damit du weißt, wie man sich in einem Lokal benimmt.«
»Ach, nimmt man sich dort?«, fragte das Sams. »Ich dachte, man bekommt das Essen gebracht.«
»Man nimmt sich nicht. Untersteh dich!«, rief Herr Taschenbier.
»Du brauchst nicht zu schreien«, sagte das Sams. »Ich wollte ja gar kein Essen benehmen. *Du* bist auf diese Idee gekommen.«
»Du sollst auch kein Essen benehmen, sondern dich! Dazu musst du ein paar Regeln wissen. Erstens: Man isst nicht mit den Händen, sondern man nimmt Messer und Gabel.«
Das Sams guckte ihn erstaunt an. »Womit soll ich denn Messer und Gabel essen, wenn ich nicht die Hände nehmen darf? Mit dem Fuß?«, fragte es.
»Du sollst nicht Messer und Gabel essen, du sollst *mit* Messer und Gabel essen!«
»Ach, das ist ja interessant. Das werde ich mir sofort merken:

Man isst nicht mit den Händen,
man isst nicht mit dem Fuß –
mit Messer und mit Gabel
isst man sein Apfelmus.

Und wie heißt die nächste Regel, die ich mir merken muss?«
»Die zweite Regel heißt: Mit vollem Mund spricht man nicht!«
»Doofe Regel!«
»Wieso?«, fragte Herr Taschenbier streng.
»Weil sie sich nicht reimt. Warum sagt man nicht so:

Ist mit Essen voll dein Mund,
gibt's zum Reden keinen Grund.
Ist dein Mund dann wieder leer,
kannst du sprechen, bitte sehr!«

»Es ist mir zu mühsam, erst alle Regeln zu reimen«, sagte Herr Taschenbier. »Wir gehen jetzt. Es wird schon langsam Abend und wir haben noch nichts gegessen.«
Er nahm das Sams bei der Hand und ging mit ihm aus dem Zimmer. Im Flur liefen sie Frau Rotkohl in die Arme.
»Ja, was ist denn das?«, rief sie und stemmte die Arme in die Hüften. »Das ist ja dieser Robinson, der schon mal meine friedliche Wohnung auf den Kopf gestellt hat. Wo kommt denn der her?«
Das Sams zeigte auf Herrn Taschenbiers Zimmertür, grinste und sagte: »Aus diesem Zimmer.«
»Will der etwa hier bleiben?«, fragte Frau Rotkohl weiter.
»Nein, der will nicht hier bleiben, der will in ein Esslokal und dort eine Vorspeise, eine Hauptspeise und eine Nachspeise speisen«, gab das Sams Auskunft.
»Also, also das ist …«, setzte Frau Rotkohl an, aber Herr Taschenbier unterbrach sie, ehe sie ihren Satz richtig begonnen hatte.
»Ich weiß schon, Sie wollen mir wieder mal erklären,

dass ich dann gefälligst mehr Miete zu zahlen hätte.« Er griff in seine Jackentasche, holte einen Stapel Geldscheine heraus und drückte sie Frau Rotkohl in die Hand. »Hier, nehmen Sie!«, sagte er. »Das wird sicher für diesen Monat reichen.«
Und während Frau Rotkohl noch mit offenem Mund dastand und fassungslos auf das Geldbündel in ihrer Hand starrte, das so groß war, dass sie es kaum umklammern konnte, verschwand Herr Taschenbier pfeifend mit dem Sams durch die Haustür.

Nachdem sie einige Zeit durch die Stadt gegangen waren, blieb das Sams plötzlich stehen. »Du, Papa, hier steht et-

was von ›Speise‹. Wollen wir da hineingehen?«, fragte es und buchstabierte: »Ex-klu-sives Speise-Restaurant.«
Herr Taschenbier betrachtete das Haus und schüttelte unschlüssig den Kopf. »Das ist viel zu teuer für Leute wie uns«, meinte er dann.
»Wieso denn? Du hast doch beide Jackentaschen voller Geldscheine!«
»Wenn ich ganz ehrlich bin: In einem so feinen Lokal war ich noch nie. Es ist mir ein bisschen zu vornehm«, gestand Herr Taschenbier.
»Bisschen vornehm? Ja, das werden wir uns ein bisschen vornehmen«, sagte das Sams und verschwand durch die Glastür.
Herrn Taschenbier blieb keine Wahl, er musste hinterher.
Zielstrebig ging das Sams drinnen vor ihm her, über die dicken Teppiche, vorbei an schweren roten Samtvorhängen und setzte sich an einen freien Tisch, auf dem vier Kerzen in einem goldenen Leuchter brannten.
Obwohl an vielen Tischen Leute saßen und speisten, war es ziemlich still im Raum. Die Damen und Herren unterhielten sich nur halblaut. Es war wirklich ein sehr vornehmes Lokal. »Guck mal, Papa, die feiern hier schon Weihnachten«, rief das Sams Herrn Taschenbier entgegen und deutete auf die brennenden Kerzen.
Einige Gäste unterbrachen ihre Mahlzeit für einen Augenblick und blickten erstaunt zum Sams hin. Aber gleich darauf wandten sie sich wieder ihren Tellern zu, da es ja unhöflich ist, sich nach anderen Leuten umzudrehen.
Herr Taschenbier errötete und setzte sich schnell neben

das Sams. »Psst!«, flüsterte er. »Doch nicht so laut! Das macht man nicht!«
»Was macht man nicht?«, fragte das Sams.
»Laut reden«, erklärte Herr Taschenbier flüsternd.
»Doch, doch, das macht man«, widersprach ihm das Sams. »Frau Rotkohl macht das den ganzen Tag.«
»Aber doch nicht hier!«
»Na, weil sie nicht da ist ...«
»Du sollst jedenfalls leise reden! Die Leute essen hier!«, sagte Herr Taschenbier.
Das Sams stand auf und betrachtete interessiert die Leute im Raum. »Wieso darf man nicht reden, wenn die essen? Essen die mit den Ohren?«, fragte es dabei.
»Pssst!«, machte Herr Taschenbier noch einmal und zog das Sams auf seinen Stuhl zurück. »Bleib doch bitte sitzen!«
Ein sehr, sehr vornehmer Kellner im schwarzen Frack kam zu ihrem Tisch geeilt, so schnell es seine Vornehmheit gestattete. »Darf man fragen, was Sie hierher führt?«, fragte er und betrachtete missbilligend das Sams und dessen Taucheranzug. »Wenn Sie schwimmen wollen, gehen Sie besser in das städtische Hallenbad. Hier sind Sie in einem Speiserestaurant.«
»Das wissen wir«, sagte Herr Taschenbier verlegen. »Wir ... wir ... wollen hier nur etwas essen.«
»Etwas? Nein, ganz viel«, verbesserte das Sams. »Mein Papa hat auch Geld bei sich. Willst du's mal sehen?«
»Lass das, bitte!«, sagte Herr Taschenbier eindringlich.
»Wenn du meinst«, sagte das Sams und schwieg beleidigt.

»Warten Sie bitte einen Moment«, sagte der Kellner unschlüssig und ging hinüber zu einem Kollegen. Die beiden flüsterten miteinander und schauten dabei immer zum Sams und zu Herrn Taschenbier hinüber.
»Wahrscheinlich überlegen sie gerade, wie sie uns unauffällig rausschmeißen können«, flüsterte Herr Taschenbier dem Sams zu. »Sicher wird er behaupten, unser Tisch wäre schon vorbestellt.«
Der Kellner kam zurück. »Dieser Tisch ist leider schon reserviert«, sagte er. »Darf ich die Herrschaften bitten sich an den Tisch dahinten zu setzen?«
»Das darfst du«, erlaubte das Sams großmütig. »Hoffentlich passen die auch da hin. Das Tischchen ist so klein, da hätten *wir* ja kaum Platz.« Es schaute sich neugierig nach den Herrschaften um.
»Der meint doch uns«, flüsterte ihm Herr Taschenbier zu und stand auf.
»Ach, uns! Ich wusste gar nicht, dass ich eine Herrschaft bin«, sagte das Sams erfreut und hopste hinter Herrn Taschenbier her zu dem kleinen Tisch. Der stand so in einer Nische, dass er von den übrigen Plätzen aus kaum zu sehen war.
»Darf ich den Herrschaften nun die Karte bringen?«, sagte der Kellner und wandte sich um, um die Karte zu holen.
Das Sams hielt ihn am Frack fest. »Was sollen wir denn mit einer Karte?«, wollte es wissen.
»Wenn es die Herrschaften wünschen, bringe ich selbstverständlich zwei Karten, für jeden eine«, antwortete der Kellner, während er versuchte sich aus dem Griff vom Sams zu befreien.

»Zwei Karten? Aber damit kann man doch nicht spielen«, sagte das Sams. »Für Skat braucht man zweiunddreißig! Und für Doppelkopf sogar achtundvierzig.«
»In unserem Haus pflegt man nicht Karten zu spielen«, sagte der Kellner hochnäsig. »Du bist hier nicht in einer Bauernwirtschaft!«
»Warum willst du uns dann unbedingt Karten bringen?«
»Ich spreche nicht von Spielkarten, mein Junge. Ich meine natürlich die Speisekarte«, erklärte der Kellner. Es gelang ihm endlich, sich vom Sams loszuzerren.
»Ach, eine Karte zum Speisen, da bin ich aber sehr gespannt«, sagte das Sams erwartungsvoll.
Der Kellner kam mit zwei Speisekarten wieder. Sie waren

so dick wie ein Lesebuch für die Oberstufe und ganz in weinrotes Saffianleder eingebunden.
»Schöne Speise, diese Karte«, sagte das Sams, als es die Karte in die Hand gedrückt bekam, und biss herzhaft zu. »Schmeckt gut, Papa! Echt Leder mit Pergamentpapier. Fehlt nur ein bisschen Salz«, nuschelte es kauend.
»Was – was machst du denn da?«, rief der Kellner fassungslos. »Das – das darfst du doch nicht!«
»Oh, jetzt habe ich einen Fehler gemacht«, sagte das Sams kleinlaut. »Ich weiß: Mit vollem Mund darf man nicht reden.«
»Ach was, voller Mund!«, rief der Kellner empört.
Alle Gäste hatten sich erstaunt nach ihm umgedreht. Dass ein Gast hier drin laut sprach, war schon recht ungewöhnlich. Aber dass jetzt auch noch ein Kellner anfing zu schreien, war schon eine kleine Sensation.
»Was ist denn dann falsch?«, fragte das Sams. »Ach, jetzt fällt es mir wieder ein: Ich habe die Karte mit der Hand gespeist. Ich hätte Messer und Gabel nehmen sollen. Man isst nicht mit der Hand, man isst nicht mit dem Fuß, mit Messer und …«
»Messer und Gabel!? Das fehlte gerade noch!«, schimpfte der Kellner.
»Was war denn dann falsch?«, überlegte das Sams laut. »Ach, jetzt weiß ich es: Das war bestimmt die Nachspeise und ich habe sie als Vorspeise gegessen.«
»Du willst mich wohl auf den Arm nehmen, wie?«, sagte der Kellner böse und hob drohend die Serviette, die bis jetzt über seinem Arm gehangen hatte.
Das Sams betrachtete ihn prüfend von oben bis unten.

»Nein, dazu bist du mir zu schwer.«
Herr Taschenbier mischte sich ein. »Du verstehst ihn falsch«, erklärte er. »Er meint es anders, er meint, ob … ob du ihn vielleicht an der Nase herumführen willst, verstehst du?«
»An der Nase? Hier im Lokal? Ja, wenn ich das darf«, sagte das Sams erfreut und stand auf.
»Untersteh dich!«, drohte der Kellner.
»Wo unten soll ich stehen? Ich steh doch schon unten«, sagte das Sams.
»Wenn du dich nicht benehmen kannst, hast du hier nichts zu suchen, verstanden? Nichts zu suchen!«, schrie der Kellner.
»Wieso? Ich kann mir schon was nehmen«, sagte das Sams und nahm ihm seine Serviette ab. »Aber was ich hier suchen soll, weiß ich wirklich nicht. Hast du denn was versteckt?«
»Mach dich nicht lustig, Bürschchen, mach dich nicht lustig!«, rief der Kellner mit zornrotem Gesicht und hob drohend den Zeigefinger.
»Keine Angst, ich mach mich nicht lustig. Ich bin schon lustig genug«, beschwichtigte ihn das Sams. »Aber dich könnte man ein bisschen lustig machen, denn du bist überhaupt nicht lustig.«
Ein Gast am Nebentisch mischte sich ein. »Ober, jetzt werfen Sie die beiden Typen aber endlich mal raus und bringen Sie mir meine Pastete! Ich warte schon zwanzig Minuten!«
Seine Frau nickte energisch. »Wieso lässt man solche Leute eigentlich hier herein und bietet ihnen auch noch

einen Tisch an!«, sagte sie scharf. »Ich möchte sofort den Geschäftsführer sprechen.«
»Gnädige Frau, Sie brauchen gar nicht nach dem Geschäftsführer zu rufen, ich werde schon allein mit den beiden fertig«, versicherte der Kellner mit einer Verbeugung.
»Komm schnell, wir gehen lieber freiwillig, bevor man uns hinauswirft«, sagte Herr Taschenbier zum Sams und stand auf um zu gehen. »Hier mag man uns nicht besonders.«
Der Kellner eilte hinter den beiden her. »Moment!«, rief er. »So ungeschoren können Sie sich nicht wegschleichen. Was ist mit der Speisekarte? Sie war mindestens dreißig Mark wert.«
Herr Taschenbier fasste in seine Jackentasche und drückte dem Kellner ein Bündel Zwanzigmarkscheine in die Hand.
»Hier«, sagte er lässig. »Damit können Sie sich eine neue Karte kaufen. Mit Goldeinband und Silberblättern!«
Der Kellner bekam runde Augen, als er das viele Geld sah. »Vielleicht sollten Sie doch noch Platz nehmen, da vorn wäre noch ein hübscher Ecktisch frei«, sagte er schnell. »Das kleine Missverständnis eben dürfen Sie nicht so tragisch nehmen, es war nicht ernst gemeint. Es war mehr ein kleiner Spaß. Wenn Sie etwas essen wollen, so …«
»Nein danke, wir gehen!«, sagte das Sams von oben herab. »Dieses Lokal ist uns zu explosiv!«
»Exklusiv«, verbesserte Herr Taschenbier und schritt hoch erhobenen Hauptes mit dem Sams hinaus.
Einige hundert Meter weiter stand am Straßenrand eine Würstchenbude.

»Willst du etwa da essen?«, fragte das Sams, als Herr Taschenbier zielstrebig darauf zusteuerte.
»Lass mich nur machen«, sagte der und blieb vor der Bude stehen.
»Na, darf ich Ihnen noch ’ne Wurst verkaufen? Schönen guten Abend«, sagte der Würstchenverkäufer und lä-

chelte den beiden zu. »Ich wollte gerade dichtmachen. Nicht mehr viel los heute Abend. Wenn Sie ’ne Wurst wollen, werf ich Ihnen noch eine über den Grill.«
»Da liegen doch schon welche«, sagte das Sams.
»Ach, die sind schon ein bisschen trocken und angekohlt. Die kann ich nicht mal mehr meinem Hund anbieten«, sagte der Verkäufer.
»Die sind genau richtig. Davon nehmen wir zwei«, bestimmte Herr Taschenbier.
»Wirklich?«, fragte der Mann in der Bude überrascht und schob unschlüssig seine weiße Mütze vor und zurück.
»Wirklich?«, fragte auch das Sams.

»Ja, wirklich«, sagte Herr Taschenbier. »Zwei, bitte!«
»Wenn Sie unbedingt wollen. Ich kann Sie Ihnen ja ein bisschen billiger abgeben«, meinte der Würstchenverkäufer, nahm zwei angekohlte Würstchen mit einer Holzzange vom Grill und legte sie auf zwei Pappteller.
»So, nun hätte ich gern über die beiden Würstchen eine Portion Ketschup, eine Portion Majonäse und eine große Portion Senf.«
»Ich hab Sie wohl falsch verstanden«, fing der Verkäufer unsicher an. »Meinen Sie Ketschup und Majonäse und …«
»Ja, Sie haben ganz richtig gehört«, sagte Herr Taschenbier, ließ sich dann die beiden Pappteller geben und reichte zwei Zwanzigmarkscheine über die Verkaufstheke. »Stimmt so!«, sagte er dabei.
Damit ließ er den überraschten Würstchenverkäufer stehen, trug die beiden Pappteller zum kleinen Tisch neben der Bude, stellte sie dort ab, beugte sich zum Sams hinunter und sagte halblaut:
»Wie ich sehe, hast du noch zwei Punkte im Gesicht. Einen davon werden wir jetzt verbrauchen. Du erinnerst dich doch an das Ehepaar, das in dem Speiselokal auf uns geschimpft hat?«
»Na klar«, sagte das Sams. »Was ist mit den beiden?«
»Pass auf: Ich wünsche, dass alle Gerichte, die die beiden heute Abend bestellt haben und bestellen werden, hier vor uns auf diesem Tisch stehen, und drüben im Lokal …«
Er beugte sich noch näher zum Sams und flüsterte ihm den Rest des Satzes ins Ohr.
»Fein, Papa! Das ist gut«, rief das Sams lachend.

Gleich darauf war der vorletzte Punkt verschwunden und vor ihnen auf dem Tischchen standen sieben Schüsseln, eine Suppenterrine, drei Platten und vier Teller. Herr Taschenbier fing mit einer Trüffelsuppe an und ließ sich dann ein Lachsschnitzel in Weinsoße schmecken. Das Sams begann mit einer warmen Entenpastete mit Thymianblüten und ging dann über zu überbackenen Spargelspitzen. Nach den Rebhühnern in Weißkohl legte Herr Taschenbier eine kleine Pause ein, die das Sams dazu nutzte, die geeisten Pfirsiche in Sirup allein aufzuessen. Aber das machte Herrn Taschenbier nichts aus, er mochte die Salate ebenso gern.

Ein paar Straßen weiter im Speiselokal war der Kellner gerade dabei, dem Ehepaar vom Nebentisch das Essen zu servieren. »Wissen Sie, dass wir bereits eine halbe Stunde warten?«, knurrte der Mann wütend.

»Was heißt hier eine halbe Stunde, es sind bereits fünfunddreißig Minuten!«, sagte seine Frau empört.

»Ein gutes Gericht braucht eben seine Zeit. Und Sie haben ja einige unserer bekannten Spezialitäten bestellt, nicht wahr? Aber Sie werden sehen: Das Warten hat sich gelohnt!«, sagte der Kellner.

Erwartungsvoll schauten die beiden zu, wie er einen kleinen Servierwagen neben ihren Tisch rollte. Obenauf stand auf einer Warmhalteflamme ein großes, ovales Tablett, das mit einer hohen Silberhaube bedeckt war.

Der Kellner fasste die Haube mit beiden Händen und hob sie ganz langsam und feierlich hoch. »Nun, habe ich zu viel versprochen?«, fragte er und schaute seine Gäste Beifall heischend an.

An ihrem Gesichtsausdruck merkte er, dass irgendetwas nicht stimmen konnte. Er senkte den Blick und erstarrte: Unter der silbernen Haube, auf dem großen Silbertablett, lagen in einer widerlichen Soße aus Ketschup, Senf und Majonäse zwei halb verkohlte Würstchen auf zwei aufgeweichten Papptellern!

3. KAPITEL
Herr Kules fliegt aus

Das Weckerklingeln am Montag klang anders als üblich: viel leiser und viel dumpfer.

Herr Taschenbier tastete schlaftrunken vom Bett aus nach dem Wecker, um ihn abzustellen, bekam aber nur die borstigen Haare vom Sams zu fassen. »Wo ist denn das blöde Ding?«, murmelte er.

»Meinst du mich?«, sagte das Sams gekränkt.

»Nein, den Wecker.« Langsam wurde Herr Taschenbier wach, denn das Klingeln hörte und hörte nicht auf. »Wo ist er denn nur?«

Das Sams schaute Herrn Taschenbier von der Seite an: »Brauchst du ihn denn?«, fragte es vorsichtig.

»Im Gegenteil. Er soll endlich aufhören zu klingeln!«

»Ach so«, sagte das Sams erleichtert, drückte sich auf den Bauch und das Klingeln verstummte. »Musst du jetzt ins Büro?«

»Nein«, murmelte Herr Taschenbier schläfrig.

»Ins Kaufhaus?«

»Unsinn!«

»In die Schule?«

»Quatsch!«

»Spazieren gehen?«

»Keine Spur!«

»Was musst du denn dann?«
»Weiterschlafen«, sagte Herr Taschenbier und drehte sich auf die andere Seite.
»Warum hat dann der Wecker geklingelt?«
»Weil ich vergessen habe ihn gestern Abend abzustellen.«
»Ach so«, sagte das Sams. »Er hat mich ganz schön erschreckt.«
»Mich auch«, sagte Herr Taschenbier. Plötzlich fiel ihm etwas ein. Er drehte sich wieder zurück und fragte: »Wie hast du eigentlich den Wecker abgestellt?«
»So!« Das Sams drückte noch einmal auf seinen Bauch. Der Wecker fing wieder an zu klingeln. »Halt, halt«, rief das Sams und drückte noch ein paarmal. Diesmal klingelte er weiter.
»So ein strohdummer Wecker!«, rief das Sams. »Keine Angst, Papa, ich mache ihn schon still. Ich brauche nur ein großes Glas Wasser.«
Herr Taschenbier war jetzt ganz wach und setzte sich im Bett auf, um mitzukriegen, was da geschah. Das Sams rannte zum Wasserhahn, ließ ein Glas voll laufen und trank es in einem Zug aus. Im selben Augenblick hörte sich das Klingeln noch dumpfer an und kurz darauf verstummte es ganz. »Mann, das kitzelt im Bauch!«, sagte das Sams glucksend und rülpste verschämt.
»Soll das heißen … du … du hast den Wecker aufgefressen?«, rief Herr Taschenbier erschüttert.
Das Sams ließ schuldbewusst den Rüssel hängen. »Nicht ganz«, antwortete es. »Das Beste habe ich übrig gelassen, Papa: die Zeiger!«
»Zeiger? Was soll ich denn mit Zeigern?!«

»Den kleinen Zeiger kannst du als Zahnstocher benutzen«, schlug das Sams vor. »Und mit dem großen kann man sich am Rücken kratzen oder …«
»So ein Unsinn! Aber ich weiß, was ich jetzt mache!«, murmelte Herr Taschenbier grimmig, stand auf und ging zur Wunschmaschine. Er stellte sie an und sagte: »Ich wünsche, dass das Sams in Zukunft nichts mehr aus meinem Zimmer auffrisst.«
»Na, dann eben nicht«, sagte das Sams beleidigt.
»Außerdem wünsche ich, dass mein Wecker wieder zum Vorschein kommt und …«
»Hicks!«, machte das Sams. Es wurde von einem Schluckauf geschüttelt. »Hicks« und noch einmal »Hicks«.
»Hier!«, sagte es und holte den Wecker aus dem Mund. »Soll ich die Zeiger wieder drankleben?«
»Nicht nötig«, sagte Herr Taschenbier. »Dann wünsche ich, dass die Zeiger wieder da sind, wo sie hingehören. Gut. Und nun wünsche ich, dass der Wecker wieder geht!«
Der Wecker klingelte.
Herr Taschenbier nahm ihn dem Sams aus der Hand, stellte sich wieder vor die Wunschmaschine und sagte: »Schließlich wünsche ich, dass ich heute nicht ins Büro …«
Aber die Maschine hatte sich längst mit einem Klicken abgestellt.
»Vier Wünsche so schnell hintereinander – dass sie das überhaupt geschafft hat!«, sagte das Sams beeindruckt. »Jetzt braucht sie bestimmt eine Stunde Erholungszeit.«

»Na gut, na gut, dann werde ich eben zur Arbeit gehen«, sagte Herr Taschenbier ärgerlich, machte sich fertig und ging ins Büro.

Aber schon nach zwei Stunden war er gut gelaunt wieder zurück. Aus seinem Zimmer kam Rauch. Entsetzt riss er die Tür auf und sah das Sams friedlich vor einem Indianerzelt sitzen, das es sich in der Zwischenzeit aus den Donnerblechen gebaut hatte. Es hatte die Beine übereinander geschlagen, schob ab und zu einen von Herrn Taschenbiers Bleistiften in das kleine Lagerfeuer, das es auf einem der Bleche angezündet hatte, und rauchte eine zusammengerollte Zeitung.
»Will mein weißer Bruder mit mir Indianer spielen?«, fragte das Sams erfreut, als es Herrn Taschenbier entdeckte, der ganz erstarrt an der Tür stehen geblieben war. »Was führt seine Schritte so schnell in den heimischen Wigwam zurück? Will das Bleichgesicht mit dem Häuptling die Friedenspfeife rauchen?«
Herr Taschenbier stürzte ins Zimmer und schrie: »Was fällt dir ein? Du willst wohl das ganze Haus abbrennen? Ich habe mir doch gewünscht, dass du die Sachen aus meinem Zimmer in Ruhe lassen sollst. Und was hast du mit den Bleistiften gemacht?« Er trat das Feuer aus. »Und die heutige Zeitung habe ich noch nicht einmal gelesen!«
»Du hast dir doch nur gewünscht, dass ich nichts auffresse, Papa«, sagte das Sams kleinlaut und vergaß vor Schreck seine Indianersprache. »Ich hab sie nur angezündet. Außerdem kann ich dir ganz genau sagen, was in der Zeitung steht.«

»So, was denn?«

»Auf der Rückseite des zur Nordsee ziehenden Tiefdruckgebietes wird kühle Meeresluft nach Deutschland geführt, die auch weiterhin unsere Wetterlage bestimmt.«

»Das ist alles?«

»Und der Städtischen Sparkasse fehlen auf geheimnisvolle Weise seit Sonntag 4620 Mark. Und zwar alle Zwanzigmarkscheine, die im Tresor lagen.«

»Und was noch?«, fragte Herr Taschenbier gleichmütig, doch im selben Augenblick zuckte er zusammen, als ob ihn jemand mit einer Nadel gestochen hätte. »Was war das? Wie war das mit den Zwanzigmarkscheinen?!«

»Der Städtischen Sparkasse fehlen 4620 Mark in Zwan-

zigmarkscheinen«, wiederholte das Sams. »Gut, Papa, was?«
»Gut, wieso gut?«
»Gut, dass du jetzt weißt, wie viel Geld du in den Jackentaschen hast. Dann brauchst du es nicht zu zählen.«
»Wenn ich geahnt hätte, dass das Geld von daher kommt, hätte ich es doch nicht hergewünscht«, jammerte Herr Taschenbier.
»Ach, die haben genug davon«, meinte das Sams. »Irgendwoher muss das Geld ja kommen.«
»Und wenn sie sich die Nummern der Scheine notiert haben?«, sagte Herr Taschenbier. »Dann stehe ich da als Bankräuber! Aber ich weiß, was ich mache.« Er stellte die Wunschmaschine an. »Ich wünsche«, sagte er, »dass alles Geld wieder dahin verschwindet … Moment, halt, noch einmal von vorn: Ich wünsche, dass alles Geld aus meinen Jackentaschen dahin verschwindet, wo es hergekommen ist.«
»Schade«, meinte das Sams. »Hättest du lieber andere Nummern auf die Scheine gewünscht. – Warum kommst du eigentlich so früh, Papa?«
Herr Taschenbier fasste in seine Jackentaschen und stellte erleichtert fest, dass sie nun leer waren. »Warum? Weil ich meinen Chef gefragt habe, ob ich ein paar Tage Urlaub nehmen kann. Und was das Erstaunliche ist: Er sagte, dass er sich nach dem Anruf von Frau Rotkohl am letzten Freitag schon so etwas gedacht hatte. Und dann hat er mich heimgeschickt.«
»Sehr schön, Papa«, rief das Sams erfreut. »Dann können wir ja herrlich zusammen Indianer …«

In diesem Augenblick klingelte es lang und schrill an der Haustür.

»Wenn ich nicht wüsste, dass Herr Mon beleidigt ist und nicht mehr kommt …«, fing Herr Taschenbier gerade an, da rief schon Frau Rotkohl: »Herr Taschenbier! Besuch für Sie!«

Herr Taschenbier öffnete die Tür. Draußen stand Herr Mon, in der rechten Hand den Vogelkäfig, in der linken ein Goldfischglas.

»Na, alter Junge, staunst du? Das kann man wohl sagen!«, rief er und drückte Herrn Taschenbier den Käfig in die Hand. »Halt mal Herrn Kules, damit ich Nero frisches Wasser geben kann. Im Auto ist einiges übergeschwappt. Wo ist denn hier der Wasserhahn? Ah, da ist er ja!«, sagte er und füllte das Goldfischglas bis zum Rand. »Wunderst du dich, dass ich gekommen bin? Ja, das tust du bestimmt. Ich war letzten Montag ziemlich ärgerlich, aber das hat sich gelegt. Und zu Hause habe ich mir gedacht: Kannst du deinen alten Freund einfach hängen lassen? Nein, das kannst du nicht! Und so bin ich wieder gekommen, damit am Samstag dein Sams wiederkommt.«

Herr Taschenbier war sehr gerührt. »Du bist wirklich ein echter Freund«, sagte er. »Ich finde es sehr, sehr nett, dass du gekommen bist. Nur – das Sams braucht nicht mehr zu kommen …«

»Wieso nicht? Hast du dich mit dem auch zerstritten?«, fragte Herr Mon.

»Nein, es ist schon da!«

»Aber wo denn?«, sagte Herr Mon überrascht und schaute sich um.

Das Sams hatte versteckt in seinem Zelt gesessen und kam jetzt heraus. »Hier!«, rief es, legte die rechte Hand grüßend auf die Brust und machte eine feierliche Verbeugung. »Der edle Freund meines weißen Bruders sei mir willkommen und sein schuppiger und sein gefiederter Gefährte ebenfalls. Ich werde mit ihnen die Friedenspfeife rauchen.«

Herr Mon wurde ganz energisch. »Untersteh dich, Herrn Kules das Rauchen beizubringen, er hat sowieso schon so eine heisere Stimme!«, sagte er streng. Er betrachtete das Sams von allen Seiten und fragte dann Herrn Taschenbier: »Warum hast du mir letzte Woche nicht sagen wollen, dass ein Sams ein kleiner grüner Indianer mit Gummianzug ist? Wo hat er denn seine Indianerfedern?«

»Die sind noch im Federbett da. Aber ich kann sie gern herausholen, wenn ihr wollt«, sagte das Sams.

»Das wirst du nicht tun!« Herr Taschenbier stellte sich schützend vor sein Bett.

»Vielleicht kann ich mir bei diesem Geier ein paar Schwanzfedern pflücken?«, schlug das Sams vor und deutete auf Herrn Kules.

»Das wirst du nicht tun!«, drohte nun Herr Mon und nahm Herrn Taschenbier schnell den Vogelkäfig aus der Hand. »Im Übrigen ist Herr Kules kein Geier, sondern ein Papagei.«

»Ach, ein Papageier«, sagte das Sams erstaunt. »Wo hat er denn seine Mamageier?«

»Herr Kules ist Junggeselle wie ich«, sagte Herr Mon. »Außerdem ist er kein Papa, er heißt nur so. Und zwar Papagei, nicht Papageier.«

»Macht nichts«, tröstete ihn das Sams. »Bestimmt heißt er nicht nur so, sondern wird es auch eines Tages.«
»Was wird er?«, fragte Herr Mon.
»Papa!«, sagte das Sams und sang:

»Eines Tages legt die Mamagei
ihrem Papagei
ein Papageienei ...«

»Wolltest du nicht ein bisschen spazieren gehen?«, unterbrach Herr Taschenbier das Sams. »Ich möchte mich in aller Ruhe mit Herrn Mon unterhalten und nicht alberne Papageienlieder hören.«
»Nein, ich will nicht spazieren gehen«, sagte das Sams. »Ich bin auch ganz still und unterhalte mich mit dem Fisch, ja?«
»Nein, du gehst jetzt. Bitte!«, sagte Herr Taschenbier.
»Wenn du schon bitte sagst, dann werde ich eben gehen«, sagte das Sams zögernd. »Darf ich den Fisch mitnehmen?«
»Der bleibt hier«, sagte Herr Mon mit Nachdruck.
Das Sams versuchte es noch einmal. »Ich könnte ihn ja an der Leine führen, damit er nicht wegrennt«, schlug es vor. Aber Herr Mon schien auch von dieser Idee nicht entzückt zu sein. Da ging das Sams beleidigt zur Tür hinaus und verschwand. »Soso. Das also war das Sams«, sagte Herr Mon und stellte aufatmend den Vogelkäfig ab. »Seinetwegen musste ich also jeden Montag kommen. Kann man das verstehen? Nein, das kann man nicht.«
»Du hast einen falschen Eindruck von ihm bekommen«, versicherte Herr Taschenbier. »Eigentlich ist das Sams netter, nur manchmal ist es frech.«

»Frech? Ja, das kann man wohl sagen«, stimmte Herr Mon zu. Dann deutete er auf die Wunschmaschine und fragte: »Was ist denn das da? Letzte Woche habe ich das aber noch nicht gesehen.«
»Also …« Herr Taschenbier zögerte mit der Antwort. »Du … du meinst die Maschine da?«
»Na, was denn sonst!«
»Das ist …«, begann Herr Taschenbier flüsternd, brach dann ab und ging zur Tür um nachzusehen, ob jemand lauschte. »Das ist eine Wunschmaschine!«
»Ach so, eine Wunschmaschine«, wiederholte Herr Mon laut. »Wer hat denn die gewünscht?«
»Pssst! Leise!«, sagte Herr Taschenbier beschwörend. »Ich habe sie mir gewünscht.«
»Ich verstehe: Deswegen ist es eine Wunschmaschine«, sagte Herr Mon. »Und was macht man damit? Lass mich raten: Sie macht Musik, ja?«
»Du verstehst mich nicht«, flüsterte Herr Taschenbier. »Es ist eine Wunschmaschine, die Wünsche erfüllen kann!«
»Du machst wohl Witze! Ja, das machst du«, sagte Herr Mon ungläubig.
Herr Taschenbier schüttelte den Kopf. »Gibt es irgendetwas, das du dir sehr wünschst?«
Herr Mon dachte eine Weile nach. »Nein, ich habe alles, was ich brauche.«
»Überleg doch noch einmal! Dir fällt bestimmt etwas ein.«
Herr Mon dachte noch einmal nach. »Doch«, sagte er dann. »Es gibt etwas: Herr Kules kann nur ›Guten Tag‹

und ›Herr Kules‹ sagen. Es wäre schön, wenn er ein bisschen besser reden könnte, so wie andere Papageien, die ›Mahlzeit‹ sagen oder ›Armleuchter‹ oder ›Kackspecht‹.«

»Na, siehst du, dann kann ich dir doch einen Wunsch erfüllen«, sagte Herr Taschenbier. »Weil du heute gekommen bist, darfst du dir etwas wünschen.«

»Und das soll funktionieren? Du willst mich wohl auf den Arm nehmen? Ja, das willst du!«

»Das will ich nicht«, sagte Herr Taschenbier mit Nachdruck. »Probier es doch einfach aus. Ich stelle diesen Hebel auf EIN, siehst du. Jetzt musst du nur noch deinen Wunsch in den Trichter sagen.«

Herr Mon räusperte sich. »Ich … also, ich wünsche … wünsche, dass Herr Kules redet!«

»Halt, nicht so schnell!«, rief Herr Taschenbier, aber es war schon zu spät. Die Maschine summte und das Lichtchen hörte auf zu blinken.

»Wieso, habe ich etwas falsch gemacht?«, fragte Herr Mon aufgeregt.

»Nein, aber du hast zu ungenau gewünscht. Ich fürchte, der Papagei wird gleich anfangen zu reden.«

»Aber das soll er doch, ich …«, sagte Herr Mon, aber der Papagei unterbrach ihn.

»Der Krug geht solange ich dein Vater bin bekommst du keine Angst ihnen geschieht nichts Neues hier sondern Sie sich doch nicht ständig ab und zu braucht man mal Gras ich am Neckar mal gras ich am rein zufällig habe ich oder nicht wahr?«, klang es laut und deutlich aus dem Vogelkäfig.

»Er redet, er redet!«, rief Herr Mon fassungslos. »Was sagst du dazu?!!!«
Ehe er seine eigene Frage beantworten konnte, wurde er schon wieder von dem Papagei unterbrochen: »Lügen haben kurze Zeit darauf kannst du Gift nehmen sie noch ein Stückchen Weges ging er mit mir könnt ihr das ja machen Sie sich nichts daraus wird nichts!«
»Er redet, er redet wie ein Buch! Er ...«
Weiter kam Herr Mon nicht, denn der Vogel sagte laut dazwischen: »Mein Name ist Hase ich weiß von nichts kommt nichts Genaues weiß man nicht tu das füg auch keinem andernfalls hilf dir selbst so hilft dir Gott lenkt aber der Mensch ärgere dich nicht so grün wie Klee.«
Jemand klopfte. Herr Taschenbier lief schnell zu seinem Bett, zog das Laken heraus und hängte es über die Wunschmaschine. Herr Mon folgte seinem Beispiel: Er zog seine Jacke aus und verdeckte damit den Vogelkäfig. Dann rief Herr Taschenbier: »Herein!«
Frau Rotkohl schaute ins Zimmer. »Entschuldigung! Aber weil Sie gerade Nachrichten hören, wollte ich gern wissen, ob der Wetterbericht schon durchgesagt worden ist. Wie wird das Wetter morgen?«
»Wer andern eine Hand wäscht du das Auto fährt heute jemand soll kommen alle mit in die Schule fällt aus allen Wolken«, klang es dumpf unter der Jacke hervor.
»Oh, ich dachte ... ich habe ... Entschuldigung!«, sagte Frau Rotkohl verwirrt und machte schnell die Tür wieder zu.
»Wenn zwei dasselbe tun ist es nicht reizend wie viele Köche verderben den breiten Weg zum Erfolg gehört ein-

Herrn Taschenbiers Einfall ist auffallend umfallend.

„Herr Taschenbier, was erlauben Sie sich!“

„Lieber Mon, darf ich dir mein Sams vorstellen?“

„Taschenbier, darf ich dir meinen neuen Hasen vorstellen?“

Liebe auf den ersten Blick: Frau Rotkohl und Herr Mon.

„Man schaltet die Maschine ein …“

„… und spricht den Wunsch zum Trichter rein.“

„In einem so feinen Restaurant war ich noch nie.“

„Was ist denn nur *Asparagi alla milanese*?“

„Schmeckt gut, Papa. Fehlt nur ein bisschen Salz.“

Der Kellner ist fassungslos: Erst tanzen die beiden durchs Restaurant …

… und jetzt tanzt Taschenbier sogar auf dem Tisch!

Zufällig sind auch Herrn Taschenbiers Lieblingskollegin, Frau März, und sein Chef, Herr Oberstein, im Restaurant.

Taschenbier tanzt? Herr Oberstein glaubt zu träumen.

„Ich wünsche die verkohlten Würstchen hinüber ins Restaurant, zu Herrn Oberstein …“

„… und die feinen Speisen von drüben sollen hier vor uns auf dem Tisch stehen.“

„Jetzt aber schnell, sonst komme ich zu spät ins Büro!“

Herr Oberstein wartet schon ungeduldig: Wo bleibt Taschenbier?

Mon kann es kaum fassen: Sein Papagei spricht!

„Mein Name ist Herr Kules."

Frau Rotkohl ist empört: „Fremde Vögel in meiner Küche!“

„Ich bin kein fremder Vogel. Ich bin Herr Kules! Und wer sind Sie?“

Die erste Fahrstunde mit dem Sams …

… endet in Herrn Lürchers Wohnzimmer!

Herr Lürcher ist völlig außer sich: „Hier stand das Auto. Genau hier!“

„Wieso sind wir plötzlich auf dieser Insel?“

„Von hier kommen wir nie mehr weg, nie!“

Das einzig Schöne hier ist der Sonnenuntergang!

Das Sams hat ja noch einen Wunschpunkt! Gleich sieht die Welt ganz anders aus.

Herr Mon wünscht mit der Wunschmaschine.

Doch irgendetwas stimmt da nicht!

„Mon, hilf doch! Das Sams ist ohnmächtig geworden!“

Herr Taschenbier ist erleichtert: Das Sams hat sich wieder erholt.

Die Wunschmaschine wird so schnell keine Wünsche mehr erfüllen.

„Warte doch, Mon! So hab ich es ja nicht gemeint. Ich war doch nur so aufgeregt …“

Das Sams staunt: Frau Rotkohl kann richtig charmant sein!

Kaum zu glauben: Frau Rotkohl war beim Friseur
und Herr Mon hat sich doch tatsächlich eine Krawatte umgebunden.

„He, Sams, was machst du denn da schon wieder?“

„Was war das?“ Frau Rotkohl hat etwas gehört.

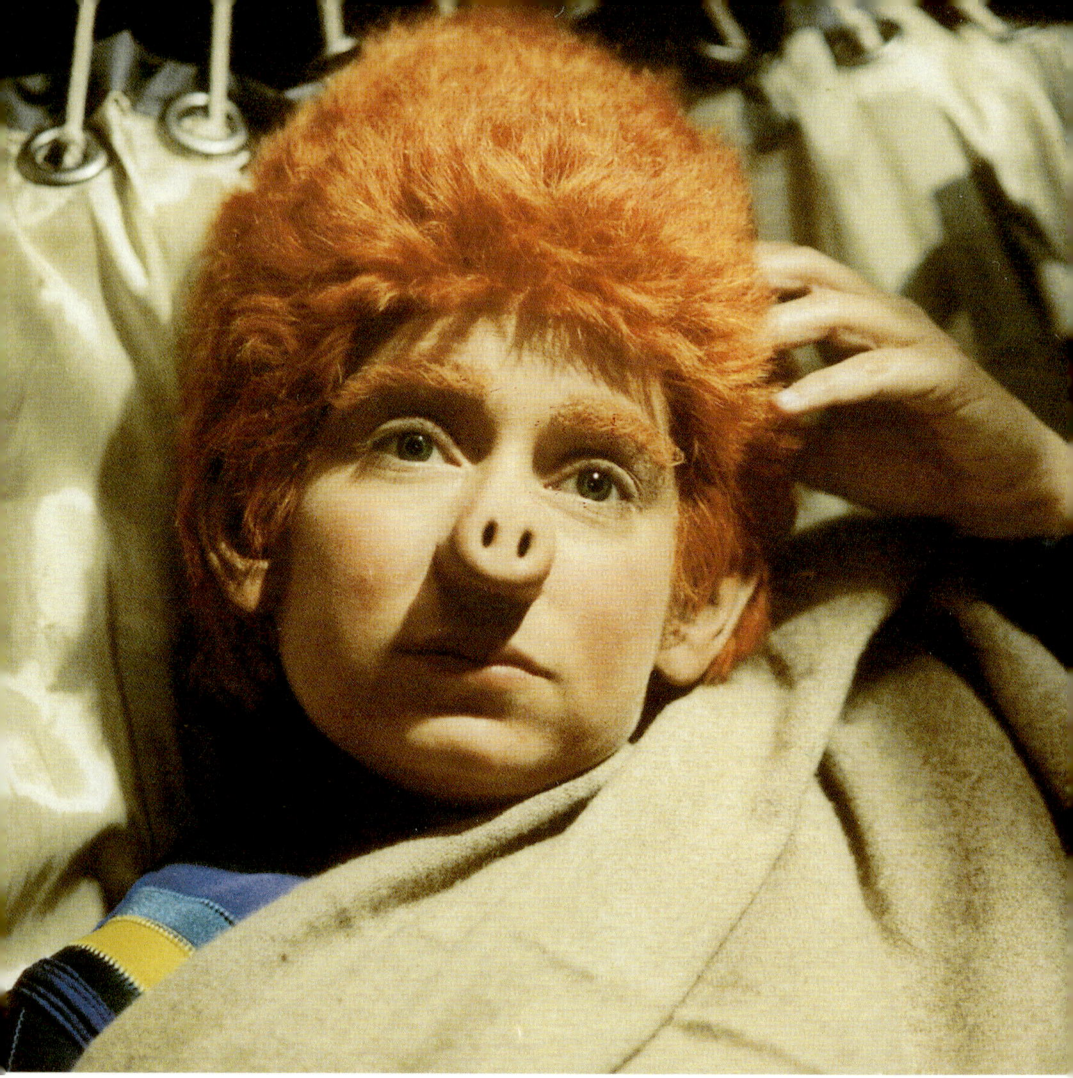

Das Sams ist traurig: Aber bald ist wieder Samstag.

Das Sams. Der Film. Deutschland 2001

Produktion: Kinowelt Filmproduktion GmbH. *Buch:* Paul Maar und Ulrich Limmer. *Produzent:* Ulrich Limmer. *Regie:* Ben Verbong. *Das Sams:* ChrisTine Urspruch. *Bruno Taschenbier:* Ulrich Noethen. *Annemarie Rotkohl:* Eva Mattes. *Anton Mon:* Armin Rohde. *Margarete März:* Aglaia Szyszkowitz. *Herr Oberstein:* August Zirner. *Herr Lürcher:* Gert Burkhard. *Die beiden Polizisten:* das Badesalz-Duo. *Herr Kules:* zwei Gelbbrustaras.

fach ein Fach zwei Fächer drei Fächer …«, plapperte Herr Kules weiter. Er redete jetzt ohne Pause.
»Jetzt könnte er ja langsam wieder aufhören damit. Ja, das könnte er«, schrie Herr Mon Herrn Taschenbier zu und der Vogel sagte: »Eine Krähe hackt der anderen kein Auge aus den Augen aus dem Sinn der Sache zu dienen der Herr Sowieso nicht bald habe ich meinen Sie dass das Wetter so bleibt uns nichts anderes übrig geblieben ist.«
»Das kommt davon! Du hast gewünscht, dass er redet, und nun redet er!«, schrie Herr Taschenbier noch lauter, um den Papagei zu übertönen.
»Was kann man da machen? Nichts kann man machen. Nur zuhören«, klagte Herr Mon.

»Haben Sie für mich besteht die Frage darin ist er Meister vom Himmel gefallen lassen Sie das Wohl und Wehe wenn sie losgelassen Sie das bitte …«, redete der Papagei unbeirrt weiter.
»Natürlich kann man etwas tun!«, rief Herr Taschenbier Herrn Mon zu. »Pass auf: Ich wünsche, dass Herr Kules nicht mehr redet!«
Die Maschine summte und blinkte, Herr Kules konnte gerade noch sagen: »Die dümmsten Bauern haben Sie bitte Feuer und Flamme …« Da hörte das Licht auf zu blinken und Herr Kules auf zu reden.
»Wir müssen deinen nächsten Wunsch gut überlegen, bevor du ihn aussprichst«, sagte Herr Taschenbier in die Stille.
»Meinen nächsten? Nein danke, ich habe keinen mehr!«, sagte Herr Mon abwehrend.
»Ich fürchte, du musst doch noch einmal wünschen«, sagte Herr Taschenbier kleinlaut. »In der Aufregung habe ich auch ziemlich unüberlegt gewünscht. Jetzt redet der Papagei nämlich überhaupt nicht mehr.«
»Nicht mal ›Guten Tag‹ und ›Herr Kules‹? Dann muss ich allerdings noch einmal wünschen: Ich wünsche, dass Herr Kules reden kann wie ich!«
»Nicht immer so hastig!«, warnte Herr Taschenbier, aber die Maschine summte schon.
»Habe ich eigentlich Durst von dem vielen Reden? Ja, das habe ich«, sagte Herr Kules laut und deutlich aus dem Vogelbauer. »Man reiche mir gefälligst etwas Wasser, aber schnell!«
»Er redet, er redet richtig! Er redet wie ein richtiger

Mensch!«, rief Herr Mon begeistert und öffnete die Tür des Vogelkäfigs. »Komm heraus, Herr Kules, komm heraus! Gleich gibt es Wasser!«
Der Papagei kletterte ungeschickt aus dem Käfig, flatterte und setzte sich auf Herrn Mons Schulter. »Gehen wir in die Küche? Ja, das tun wir«, sagte er von da oben. »Dort gibt es Tassen.«
»Natürlich, Herr Kules, das tun wir«, rief Herr Mon erfreut und lief mit dem Papagei in die Küche.
Herr Taschenbier blieb unschlüssig zurück.
»Fremde Tiere in meiner Küche, das ist die Höhe!«, hörte er Frau Rotkohl in der Küche empört ausrufen. Und dann den Papagei, der sagte: »Mein Name ist Herr Kules. Mit wem habe ich die Ehre?«
Einen Augenblick war Stille. Frau Rotkohl schien ziemlich verdattert, denn sie stotterte: »Wie … ich heiße Rotkohl … wie ist denn das möglich?!«
Nun wurde Herr Taschenbier neugierig. Er ging hinüber in die Küche und sah, dass der Papagei Frau Rotkohl aufmerksam musterte. »So, nun kennen wir uns«, sagte er gerade. »Nun bin ich kein fremdes Tier mehr, also darf ich in die Küche. Würden Sie mal das Fenster öffnen? Ja, das tun Sie ganz gewiss.«
»Das Fenster? Ja, natürlich«, stammelte Frau Rotkohl verwirrt und machte es auf.
Und schon war Herr Kules auf dem Fensterbrett. »Muss man sich nicht etwas die Beine vertreten, wenn man den ganzen Vormittag im Käfig gesessen hat? Ja, das muss man!«, rief er und hüpfte auf die Dachrinne.
Herr Mon stürzte zum Fenster. »Du kommst sofort zu-

rück!«, rief er. Aber der Papagei startete schon von der Dachrinne, flog eine unsichere Schleife um den Kamin des gegenüberliegenden Hauses, flatterte von dort auf einen Kastanienbaum, dann auf einen Schuppen, über eine Mauer – und war verschwunden.

»Ich bin schuld, ich hätte das Fenster nicht aufmachen dürfen«, rief Frau Rotkohl bestürzt. »Was sollen wir nun tun?«

»Wir müssen ihn wieder einfangen«, schrie Herr Mon und war schon aus der Wohnung.

Frau Rotkohl rannte hinterher.

Gerade als Herr Taschenbier ihnen folgen wollte, kam das Sams zurück. »Macht ihr einen Wettlauf?«, fragte es interessiert.

»Herr Kules ist weggeflogen, wir müssen ihn fangen«, rief Herr Taschenbier.

»Aber Papa, deshalb brauchst du doch nicht aus der Woh-

nung zu rennen«, sagte das Sams verwundert. »Wozu hast du denn eine Wunschmaschine!«
»Richtig!« Herr Taschenbier nahm das Sams an der Hand und ging zurück in sein Zimmer. Aber die Maschine hatte sich gerade ausgestellt. Sie war mal wieder überlastet.
»Wir müssen noch ein bisschen warten«, sagte das Sams. Und sie setzten sich an den Tisch und begannen in aller Ruhe Halma zu spielen.

In einem anderen Teil der Stadt legte sich Herr Lürcher gerade in seinem Wohnzimmer zu einem Mittagsschläfchen auf die Couch, als plötzlich ein großer Vogel durch das offene Fenster geflattert kam und sich auf der Gardinenstange niederließ. Es war ein Papagei.
Im Nu war Herr Lürcher wieder auf den Beinen, schlich zum Fenster, um es hinter dem Vogel zu schließen, und redete dabei beruhigend auf ihn ein: »Still sitzen bleiben, gaaaanz still! Flieg nicht weg, ich tu dir nichts! Du bist doch bestimmt irgendwo ausgerissen, oder? Das gibt Finderlohn. Gleich werden wir dich haben, ganz ruhig, du brauchst nicht zu erschrecken ...«
»Würden Sie mir bitte mal erklären, wie Sie dazu kommen, mich einfach zu duzen?«, unterbrach ihn der Papagei. »Oder kennen wir uns etwa schon? Nein, das tun wir nicht. Mein Name ist übrigens Herr Kules. Und wer sind Sie?«
Herr Lürcher hielt sich vor Schreck am Stuhl fest. »Wie ... wie ... wie ...«, stammelte er. »Wie ...«
»Ich fürchte, diese Frage kann ich Ihnen nicht beantworten«, sagte Herr Kules. »Sie ist etwas zu kurz.«

»Wie … wieso du, äh … wieso können Sie sprechen?«, brachte Herr Lürcher endlich heraus.
»Wieso nicht?«, fragte der Vogel zurück. »Sie sprechen doch auch!«
»Wer ist denn dein … ich wollte sagen: Wer ist denn Ihr Besitzer?«
»Besitzer? Ich höre immer Besitzer. Wenn Sie den Herrn meinen, bei dem ich wohne: Das ist Herr Mon«, erklärte der Papagei.
»Und wie sind Sie hierher gekommen?«
»Wie? Nun, erst bin ich einen kurzen, geraden Sturzflug mit abschließender Rechtskurve geflogen, den ich in eine doppelt gedrehte Aufwärtsschleife mit gespreizter Flügelschere übergehen ließ. Darauf folgte ein schneller Dreifachflatterer mit angezogenen Beinen, dann eine Gleitkurve mit leichter Linksneigung«, berichtete der Papagei. »Darauf …«
»Das will ich alles gar nicht wissen«, unterbrach ihn Herr Lürcher unhöflich. »Ich will wissen, wo dieser Herr Sowieso ist, bei dem Sie wohnen.«
»Das eben will ich auch wissen«, sagte der Papagei traurig. »Denken Sie, ich finde das Fenster wieder, von dem ich gestartet bin? Nein, ich finde es nicht.«
»Dann müssen wir schnell herausfinden, wo dieser Herr wohnt. So ein kluger Papagei ist wertvoll, sein Besitzer wird großen Wert darauf legen, ihn wiederzubekommen«, überlegte Herr Lürcher halblaut. »Normalerweise würde ich ja zur Polizei gehen, die ist für solche Fälle zuständig. Noch dazu, wo das Polizeirevier gerade gegenüberliegt. Aber die sind ja nicht gut auf mich zu sprechen, nachdem

dieser grüne Typ im Taucheranzug plötzlich verschwunden war.«
»Ein schrecklicher Kerl!«, bestätigte Herr Kules.
»Wer?«, sagte Herr Lürcher erstaunt. »Meinen Sie mich?«
»Nein, den Kleinen, den Grünen im Taucheranzug«, antwortete der Papagei.
Herr Lürcher wurde ganz aufgeregt. »Kennen Sie ihn?«, fragte er.
»Und ob! Er hat mich Geier genannt und wollte meine Schwanzfedern ausreißen. Ist das nicht eine Unverschämtheit? Ja, und was für eine!«, sagte Herr Kules und wurde wieder richtig zornig.
»Er kennt ihn! Großartig! Ich habe einen Zeugen. Jetzt kann ich der Polizei beweisen, dass ich nicht gelogen habe. Jetzt müssen die sich bei mir entschuldigen. – Einen Augenblick, ich bin gleich wieder da! Mit der Polizei!« Und schon wollte Herr Lürcher davonstürzen. Aber dann kam er noch einmal zurück und schloss das Fenster.
»Wollen Sie sich nicht lieber auf diesen Tisch setzen?«, schlug er dem Papagei vor. »Hier sitzen Sie sehr viel bequemer.«
»Wie Sie meinen«, sagte Herr Kules und flatterte auf den Tisch. Darauf hatte Herr Lürcher nur gewartet. Ehe der Papagei begriff, was mit ihm geschah, hatte Herr Lürcher schon einen leeren Papierkorb ergriffen und über das Tier gestülpt.
»Was soll denn das? Warum ist es so finster?«, schimpfte Herr Kules. Aber Herr Lürcher hörte ihn nicht, er war schon auf dem Weg zum Polizeirevier.

Herr Taschenbier und das Sams hatten in der Zwischenzeit ihr Spiel beendet. Sie überlegten gerade, ob sie ein neues beginnen sollten, da leuchtete das rote Licht an der Maschine wieder auf.
Herr Taschenbier freute sich. »Das ging aber schnell«, sagte er und stellte den Hebel auf EIN.
»Am besten, du wünschst dir den Vogel gleich in den Käfig, sonst fliegt er noch einmal weg«, schlug das Sams vor.
Das Sams stellte sich neben den Käfig, Herr Taschenbier neben die Wunschmaschine und er sagte: »Ich wünsche, dass Herr Kules wieder in seinem Käfig sitzt!«
Da saß der verblüffte Vogel auch schon wieder in seinem Käfig und das Sams schlug ganz schnell die Käfigtür zu.

Herr Lürcher kam atemlos im Polizeirevier an. Er stürmte durch die Tür und rief den beiden Polizisten, die dort saßen, zu: »Ich habe einen Zeugen, was sagen Sie nun?! Herr Kules ist mein Zeuge. Er wird Ihnen bestätigen, dass es den Kerl im Gummianzug gibt. Er hat ihn auch gesehen!«
Der eine der beiden sagte gedehnt: »Ach, Sie sind das wieder!«, und schaute misstrauisch von seinem Schreibtisch auf. »Wo ist er denn, dieser Herr Kules? Haben Sie ihn mitgebracht?«
Herr Lürcher schüttelte den Kopf. »Nein, natürlich nicht. Er sitzt drüben in meinem Wohnzimmer unter einem Papierkorb. Sie müssen gleich mitkommen und ...«
»So, der Zeuge sitzt also unter einem Papierkorb«, wiederholte der Polizist und lächelte gequält.

»Ja, ich habe ihn mit einem Trick von der Gardinenstange gelockt«, erzählte Herr Lürcher stolz.
»So, von der Gardinenstange, aha. Ich will Ihnen mal was sagen: Wenn Sie nicht auf der Stelle mit Ihren dummen Witzen aufhören ...«
»Aber nein, aber nein«, unterbrach Herr Lürcher ihn aufgeregt. »Sie verstehn das falsch. Herr Kules ist doch ein Papagei!«
»Und dieser Papagei soll bestätigen, dass gestern ein Mann im Gummianzug oben auf Ihrem Dachboden eine Maschine gesucht hat, ja?«, fragte der Polizist drohend.
»Ja, genau!«
»Herr Lürcher! Ich gebe Ihnen dreißig Sekunden Zeit ...!« Der Polizist fing ganz leise an und wurde immer lauter, je länger er redete. »... Und wenn Sie in diesen dreißig Sekunden nicht aus diesem Zimmer verschwunden sind, dann zeige ich Sie nicht nur wegen fortgesetzter Beamtenverulkung an, nein, dann behalte ich Sie gleich hier!«
»Na bitte, wenn Ihnen nichts an der Wahrheit liegt«, sagte Herr Lürcher beleidigt und ging. »Der wird Augen machen, wenn ich mit Herrn Kules wiederkomme, der wird staunen!«, murmelte er im Hinausgehen.
Und er lief schnurstracks nach Hause, in sein Zimmer, hob vorsichtig den Papierkorb etwas hoch, um den Vogel zu packen und ihn als Beweis ins Polizeirevier zu bringen. Aber seine Hand suchte vergebens. Ahnungsvoll riss er den Papierkorb mit beiden Händen hoch: Der Vogel war verschwunden!
Jetzt platzte ihm aber der Kragen. »Das ist doch zum

In-die-Luft-Gehen! Zum Zahnausreißen!«, schrie er mit zornrotem Gesicht, knallte den Papierkorb auf den Boden und trampelte wütend darauf herum. Und erst als er den Papierkorb platt getreten hatte wie einen Fußabstreifer, beruhigte er sich allmählich.

Unterdessen waren Herr Mon und Frau Rotkohl zurückgekommen.
»Es ist aussichtslos«, sagte Herr Mon traurig.
»Nicht die Hoffnung aufgeben, Herr Mon. Lieber eine Zeitungsannonce aufgeben, das ist besser!«, sagte Frau Rotkohl. »Sicher hat ihn jemand gefunden und meldet sich dann.«

Herr Mon war begeistert. »Eine blendende Idee! Hat Ihnen schon mal jemand gesagt, dass Sie eine außerordentlich nette und hilfsbereite Frau sind? Ja, das sind Sie!«
»Ich? Wieso?«, fragte Frau Rotkohl und wurde rot.
»Nun, wer hat mir denn bei der Suche geholfen? Nur Sie!«
»Ach, das habe ich ja nur getan, weil ich schuld war, dass der Papagei weggeflogen ist. Wo ich doch das Fenster aufgemacht habe!«, sagte sie verlegen.
»Trotzdem«, beharrte Herr Mon. »Mein Freund Taschenbier hätte ruhig auch mithelfen können.«
»Ja, das hätte er«, meinte auch Frau Rotkohl. »Und dieser Robinson auch.« Unterdessen waren sie in der Wohnung angelangt.
»Was hätte ich?«, fragte das Sams und streckte den Kopf aus Herrn Taschenbiers Zimmer.
»Du hättest suchen können«, sagte Frau Rotkohl spitz.
»Und von dir hätte ich mir auch gewünscht, dass du mitsuchst«, sagte Herr Mon vorwurfsvoll zu Herrn Taschenbier. »Das wäre kein guter Wunsch gewesen. Da war meiner besser«, sagte Herr Taschenbier und lachte. Er hielt Herrn Mon den Käfig mit dem Vogel unter die Nase. »Oder etwa nicht?«
»Da ist er ja!«, rief Frau Rotkohl.
»Da ist ja Herr Kules!«, rief Herr Mon.
»Wer denn sonst? Etwa die Königin von Frankreich?«, sagte der Papagei schlecht gelaunt. »Höchste Zeit, dass du endlich kommst. Mir wird's langweilig hier. Ich will nach Hause, aber schnell!«
»Ich bin mir gar nicht sicher, ob es gut ist, dass er jetzt

richtig reden kann«, murmelte Herr Mon, nahm den Vogelkäfig unter einen Arm, das Goldfischglas unter den anderen, verabschiedete sich und ging zum Auto. Herr Taschenbier und das Sams begleiteten ihn hinaus, Frau Rotkohl kam hinterher.
»Besuch mich bald mal wieder!«, sagte Herr Taschenbier. »Jetzt muss es ja nicht mehr am Montag sein.«
»Ja, tun Sie das. Und schaun Sie auch mal bei mir rein, auf ein Tässchen Kaffee«, mischte sich Frau Rotkohl ein, wurde schon zum zweiten Mal rot an diesem Tag und ging schnell zurück ins Haus.
Herr Taschenbier sah ihr nach und sagte zum Sams: »Gestern und heute ist viel Erstaunliches geschehen, wahre Wunder. Aber weißt du, was für mich das Allererstaunlichste ist?«
»Nein. Oder doch: dass der Papagei richtig reden kann!«
»Das meine ich nicht.«
»Dass du plötzlich ganze Berge Geld hattest?«
»Nein.«
»Jetzt weiß ich's: dass wir plötzlich auf einem ganz fremden Dachboden standen!«
»Nein.«
»Was denn dann?«
»Dass Frau Rotkohl gerade Herrn Mon von sich aus zum Kaffeetrinken eingeladen hat!«

4. KAPITEL

Noch ein Ausflug

Das Sams stand auf dem Stuhl, wischte mit dem Tischtuch die Wunschmaschine blank, betrachtete sein Spiegelbild in der glänzenden Metalloberfläche und sang:

»Ein Papagei aus Mühlhausen,
der hatte den Kopf voller Flausen.
Er sagt: Trät ich ein
in den Fußballverein,
ich wäre der beste Rechtsaußen!«

Davon wurde Herr Taschenbier wach. Er stand auf.
»Wenn ich ein Papagei wäre, würde ich lieber über den rechten Flügel stürmen«, sagte er gähnend. »Wozu haben Vögel Flügel!«
Das Sams lachte. »Das ist gut, Papa«, sagte es. »Aber wenn du ein Vogel wärst, würdest du wahrscheinlich überhaupt nicht Sport treiben. Tiere sind nämlich selten sportlich:

Beim Ringen wird die Ringelnatter
auf der Matte matt und matter.
Auch hält sich jeder Boxerhund
beim Boxen ganz im Hintergrund.
Das Federvich ist ebenfalls
kein großer Freund des Federballs.

Und schließlich kommt der Hammerhai
zum Hammerwerfen nie vorbei!«

Herr Taschenbier lachte auch. »Genug gereimt!«, sagte er fröhlich. »Jetzt wird erst mal gefrühstückt!«

»Und ich lese dir dabei vor, was in der Zeitung steht«, sagte das Sams.

»Ist ja doch nicht interessant«, sagte Herr Taschenbier.

»Doch, hör mal zu: Geheimnisvolle Vorfälle in der Städtischen Sparkasse. Gestohlenes Geld wieder im Tresor. Polizei steht vor einem Rätsel«, las das Sams laut.

Herr Taschenbier nahm ihm die Zeitung aus der Hand und überflog den ganzen Artikel. »Und hier steht noch etwas, das wird dich auch interessieren!«, rief er nach einer Weile und las vor:

»Krach im Speiserestaurant. Am Sonntagabend musste die Polizei einschreiten, als es in einem renommierten Restaurant im Zentrum zu einer Rauferei zwischen einem Gast und einem Kellner kam. Vorausgegangen war ein heftiger Wortwechsel, in dessen Verlauf der Gast den Kellner beschuldigte, ihm absichtlich verkohlte Speisen serviert zu haben. Die Frau des Gastes wurde durch ein umherfliegendes Würstchen am Auge getroffen, mehrere Gäste und der Geschäftsführer wurden mit Majonäse bekleckert.«

»Schade, dass wir nicht dabei waren«, sagte das Sams. »Steht sonst noch etwas über uns in der Zeitung?«

»Nein. Und ich hoffe, dass auch morgen nichts über uns drinsteht, wenn ich jetzt die Wunschmaschine in Gang setze.«

»Wenn du dir alle Wünsche vorher gut überlegst, wird

schon nichts passieren, was in die Zeitung kommen kann«, sagte das Sams.
Herr Taschenbier stellte sich vor die Wunschmaschine, drückte den Hebel und sagte: »Ich wünsche mir ein Auto!«
»Vorsicht!«, schrie das Sams und zog Herrn Taschenbier heftig zurück.
»Wieso denn? Was ist denn?«, rief Herr Taschenbier erschrocken, während er an die Wand taumelte. Aber im gleichen Augenblick begriff er, was das Sams vorausgesehen hatte. Mitten im Zimmer stand auf einmal ein großes rotes Auto, eingequetscht zwischen Schrank und Bett. Der Tisch stand ganz schräg da und ein Stuhl, der unter das Auto geraten war, sah jetzt platt aus wie ein Hackbrett. Das linke Hinterrad war nur wenige Millimeter von Herrn Taschenbiers Zehen entfernt.
»Mann, hast du dir da wieder was zusammengewünscht!«, sagte das Sams vorwurfsvoll. »Wenn ich nicht aufgepasst hätte, wären wir beide unter ein Auto gekommen.«
Herr Taschenbier erholte sich langsam von seinem Schock. »Die dämliche Maschine hätte das Auto ja auch vor das Haus stellen können, wie es sich gehört«, sagte er.
»Das hast du aber nicht gewünscht«, stellte das Sams fest. »Ich frage mich, wie du den Wagen durch die Tür bekommen willst.«
»Wie? Mit der Wunschmaschine, ist doch logisch«, sagte Herr Taschenbier. »Hoffentlich klappt es diesmal besser. – Ich wünsche, dass alle Möbel hier drinnen wieder am gleichen Platz sind wie vorher und dass dieses Auto draußen vor dem Haus steht.«

»Es steht draußen«, meldete das Sams, nachdem es aus dem Fenster geschaut hatte.
Herr Taschenbier sah sich zufrieden um. »Und Stuhl und Tisch sind auch wieder in Ordnung«, sagte er. »Diesmal habe ich gut gewünscht.«
»Machen wir jetzt eine Spazierfahrt?«, fragte das Sams hoffnungsvoll.
»Dazu brauche ich erst mal einen Führerschein, ich kann nicht Auto fahren«, erklärte ihm Herr Taschenbier. Deshalb ging er wieder zur Wunschmaschine und sagte: »Ich wünsche, dass hier auf diesem Tisch ein Führerschein liegt, mit meinem Namen.« Die Maschine blinkte noch einmal, stellte sich dann mit einem Klicken aus und vor ihnen auf dem Tisch lag der Führerschein.
Herr Taschenbier betrachtete ihn. »Sehr schön!«, sagte er. »Mit allen Stempeln und Unterschriften. Nur das Foto von mir hätte ein bisschen hübscher sein können.«
»Jetzt fahren wir los, ja?«, bettelte das Sams.
Herr Taschenbier überlegte. »Ich glaube, es geht immer noch nicht«, sagte er schließlich. »Ich weiß nämlich immer noch nicht, wie man ein Auto fährt.«
»Warum hast du es dir nicht gewünscht?«, fragte das Sams ärgerlich.
»Wenn man Auto fahren kann, bekommt man doch einen Führerschein. Und ich dachte, das gilt auch umgekehrt: Wenn man einen Führerschein bekommt, dann kann man auch Auto fahren. Aber die Maschine scheint da anderer Ansicht zu sein.«
»Wünsch dir doch schnell, dass du ein besonders guter Fahrer bist!«, schlug das Sams vor.

»Das werde ich auch, wenn sich die Maschine erholt hat. Sie ist mal wieder überlastet.«
»Dann spielen wir eben solange Dame.«
Aber gerade, als sie das Spiel ausgepackt hatten und anfangen wollten, klingelte es an der Haustür. Draußen war eine Männerstimme zu hören, dann die Stimme von Frau Rotkohl. Gleich darauf klopfte es an der Zimmertür.
»Entschuldigen Sie, wenn ich störe«, sagte Frau Rotkohl. »Aber hier ist ein Polizist, er möchte wissen, wem das rote Auto vor dem Haus gehört. Haben Sie vielleicht Besuch?«
»Ein rotes Auto? Vor dem Haus? Nein, das ist meins!«, sagte Herr Taschenbier stolz.
»Ihrs?«, staunte sie. »Seit wann fahren Sie ein Auto?«
»Seit gleich … ich meine, seit heute, es ist noch ganz neu«, sagte Herr Taschenbier.
»Es gehört also Ihnen«, sagte der Polizist und drängte sich an Frau Rotkohl vorbei. »Was haben Sie sich eigentlich dabei gedacht?«
»Wobei?«, fragte Herr Taschenbier erstaunt.
»Als Sie es da abgestellt haben!«
»Wieso? Darf man denn sein Auto nicht vor dem Haus abstellen? Wo soll ich es denn abstellen? Vielleicht in meinem Zimmer?«
»Vor dem Haus schon. Aber doch am Straßenrand und nicht direkt vor der Haustür auf dem Bürgersteig. Wissen Sie nicht, wozu der Bürgersteig da ist? – Darf ich mal Ihren Führerschein sehen? Seit wann haben Sie den eigentlich?«

»Noch nicht sehr lange«, sagte Herr Taschenbier kleinlaut und reichte ihn dem Polizisten.
»Ach, Sie sind Anfänger«, sagte der, schon etwas milder gestimmt, und betrachtete den Führerschein. »Der ist ja von heute! Na, dann will ich Ihnen nicht gleich am ersten Tag einen Strafzettel verpassen. Aber Sie fahren das Auto sofort vom Bürgersteig, verstanden?!«
»Sofort?! Kann ich das nicht in ein bis zwei Stunden machen? Die Maschine ist doch gerade überlastet ...« Erschrocken brach Herr Taschenbier ab. Beinah hätte er sein Geheimnis verraten.
»Welche Maschine? Was hat das mit Ihrem Auto zu tun?«, fragte der Polizist.
»Er meint die Kaffeemaschine«, schrie das Sams aus dem Hintergrund. »Ohne Kaffee kann mein Papa nämlich nicht Auto fahren.«
»Wer ist denn das?«, fragte der Polizist verblüfft.
»Das ist der kleine Robinson«, erklärte Frau Rotkohl eifrig. »Der wohnt hier. Bei Herrn Taschenbier.«
»Sie hat gereimt, sie hat gereimt!«, schrie das Sams und hüpfte vor Freude in die Höhe. »Hast du es gehört, Papa:

Der wohnt hier.
Bei Herrn Taschenbier.

Für einen Anfänger gar nicht schlecht. Es wäre aber noch besser gewesen, wenn sie gesagt hätte:

Kennen Sie den Kleinen schon?
Das ist der kleine Robinson!
Er wohnt schon seit drei Tagen hier
bei seinem Papa Taschenbier.«

»Was soll dieser Unsinn?«, sagte der Polizist ärgerlich. »Ich möchte, dass der Wagen jetzt weggefahren wird. Sofort! Mit Kaffee oder ohne, das ist mir egal!«
»Ich … ich kann aber nicht«, stotterte Herr Taschenbier.
»Was soll das heißen? Das ist doch Ihr Führerschein, oder? Sie heißen doch Taschenbier?«
»Doch, aber …«
»Keine Ausreden, Sie fahren jetzt den Wagen weg!«, befahl der Polizist.
»Wenn ich muss«, sagte Herr Taschenbier matt und ging nach draußen.
Das Sams rannte aufgeregt hinterher. Langsam stieg Herr Taschenbier ins Auto, fasste das Lenkrad mit beiden Händen und drehte es probehalber ein bisschen nach links und ein bisschen nach rechts. Ratlos betrachtete er dann die Knöpfe und Hebel. Das Sams setzte sich nach hinten und schnallte sich an.
»Schnall dich an, es kann losgehen, Papa!«, sagte es fröhlich und nickte Herrn Taschenbier aufmunternd zu.
»Wie denn? Ich habe nicht die geringste Ahnung, wie es geht!«, stöhnte der.
Das Sams dachte nach. Dann erinnerte es sich. »Herr Mon hat den Schlüssel da gedreht, als er abfuhr«, sagte es und zeigte auf den Zündschlüssel.
Herr Taschenbier drehte ihn herum. Der Motor dröhnte laut auf. »Was ist denn? Das ist aber ein lautes Auto!«, sagte Herr Taschenbier erschrocken.
»Nimm doch mal den Fuß von dem Pedal da«, schlug das Sams vor.
Herr Taschenbier nahm den Fuß vom Gaspedal und der

Motor wurde leiser. »Es klingt schon ganz richtig«, stellte er zufrieden fest. Langsam bekam er das Gefühl, dass Autofahren gar nicht so schwierig sein konnte, wie er immer gedacht hatte. »Und wie fährt es jetzt los?«, fragte er.

»Ich habe mal gehört, man müsste einen Gang einlegen«, sagte das Sams.

»Wohinein muss man den legen?«, fragte Herr Taschenbier ratlos.

Das Sams zeigte auf den Schalthebel und sagte: »Ich glaube, das ist dieser Hebel. Den musst du nach vorne schieben.«

Herr Taschenbier tat es. Es knirschte entsetzlich, das Auto machte einen mächtigen Satz nach vorn und fuhr los.

»Es fährt, es fährt!«, rief Herr Taschenbier begeistert. »Was sagst du dazu: Ich kann doch Auto fahren!«

»Schon recht, Papa. Aber ich glaube, es ist besser, wenn du jetzt mal vom Bürgersteig runter auf die Straße fährst«, sagte das Sams.

Das leuchtete Herrn Taschenbier ein.

Kopfschüttelnd sahen der Polizist und Frau Rotkohl zu, wie das Auto mit einem kleinen Hopser vom Bürgersteig auf die Straße fuhr und dann auf der Straßenmitte weiterschlich.

»Was macht man eigentlich, wenn ein Auto schneller fahren soll?«, fragte Herr Taschenbier das Sams. Er wurde immer mutiger, das Fahren machte ihm langsam Spaß.

»Ich glaube, du musst den zweiten Gang einlegen«, erklärte das Sams.

»Dieses Auto hat aber nur einen«, sagte Herr Taschenbier

und deutete auf den Schalthebel. »Vielleicht gibt es irgendwo noch einen zweiten?« Er bückte sich und suchte nach einem zweiten Gang.

»Vorsicht, das Haus!«, schrie das Sams. »Pass doch auf! Bremsen, bremsen!«

»Bremsen? Wo denn?«, fragte Herr Taschenbier und suchte nach einer Bremse. Da knallte es auch schon fürchterlich, Herr Taschenbier stieß mit dem Kopf gegen das Lenkrad. Dann klirrte Glas und endlich kam das Auto mit einem kleinen Ruck mitten in einer Staubwolke zum Stehen.

»Bist du verletzt?«, fragte das Sams ängstlich.

»Verletzt? Wieso? Ist etwas passiert?«, fragte Herr Taschenbier erstaunt.

Das Sams lachte. »Da haben wir aber Glück gehabt«, sagte es erleichtert.

Herr Taschenbier spähte durch die Staubwolke, die sich langsam legte, und schüttelte den Kopf. »Wo sind wir hier eigentlich?«, fragte er.

Das Sams lachte noch mehr. »Wir haben ein ziemlich verwöhntes Auto erwischt, Papa«, sagte es. »Es hält wohl nichts von Garagen, es steht lieber in Zimmern.«

»Was meinst du damit? Was ist eigentlich passiert?«, fragte Herr Taschenbier verwirrt.

»Also, zuerst sind wir langsam durch einen Vorgarten gefahren. Dadurch wurde das Auto noch langsamer und du bist mit dem Kopf gegen das Lenkrad gestoßen. Dann sind wir noch über eine Terrasse geschlichen und durch eine geschlossene Verandatür gefahren. Jetzt scheinen wir in einem Wohnzimmer zu stehen«, erklärte das Sams.

»Es kann aber auch das Esszimmer sein. Ich muss warten, bis sich der Staub gelegt hat.«

»Was machen wir denn nur? Was machen wir denn jetzt?«, jammerte Herr Taschenbier und stieg aus. Das Auto stand wirklich in einem fremden Wohnzimmer, hatte den Tisch und die Stühle vor sich hergeschoben und war genau vor der Tür zum Stehen gekommen.

»Gut, dass niemand im Zimmer war«, sagte das Sams. »Die hätten sich sonst womöglich erschreckt. Hoffentlich hat sich deine Wunschmaschine inzwischen erholt, dann können wir den Schaden gutmachen, ehe man ihn bemerkt.«

In diesem Augenblick versuchte jemand, die Wohnzimmertür von draußen zu öffnen.

»Was war denn das für ein Lärm? Ist da jemand? Wer hat die Wohnzimmertür abgeschlossen?«, rief eine Männerstimme.

»Wir«, sagte Herr Taschenbier kleinlaut.

»Wer ist wir?«, fragte die Stimme. Es wurde heftig an der Tür gerüttelt. Der eine Stuhl, den das Auto vor die Tür geschoben hatte, fiel um, sodass man jetzt die Tür einen Spalt aufdrücken konnte. Ein Mann steckte seinen Kopf durch den Türspalt und versuchte vergeblich die Tür so weit aufzustoßen, dass er sich durchquetschen konnte.

»Das ist ... das ist ja dieser Herr Lürcher!«, stammelte Herr Taschenbier.

»Das sind ja ... sind ja schon wieder die beiden!«, stotterte Herr Lürcher und starrte entgeistert durch den Türspalt. »Was ... was ist denn mit meinem Wohnzimmer passiert? Was ist das für ein Auto?«

»Schnell weg hier, Papa! Sonst kriegen wir Ärger!«, flüsterte das Sams Herrn Taschenbier zu. Der nickte, fasste es bei der Hand und die beiden rannten durch die zersplitterte Verandatür nach draußen, durchquerten den Vorgarten und liefen nach Hause, so schnell sie nur konnten.
»Halt! Stehen bleiben! Ich hole die Polizei!«, schrie Herr Lürcher ihnen nach. Er warf sich immer wieder gegen die Tür und versuchte sich durch die schmale Öffnung zu zwängen. Als er endlich auf die Idee kam, um das Haus herum und durch die Verandatür ins Wohnzimmer zu gehen, waren Herr Taschenbier und das Sams schon längst drei Straßenecken weiter und nicht mehr einzuholen.
Kurz darauf stand Herr Taschenbier atemlos vor der

Wunschmaschine, schaltete sie mit zitternden Händen ein und sagte keuchend: »Ich wünsche … dass mein Auto wieder dahin verschwindet, wo es hergekommen ist … und dass im Wohnzimmer von Herrn Lürcher wieder alles so ist, wie es war, bevor ich mit dem Auto hineingefahren bin!«
Dann stellte er den Hebel auf AUS und setzte sich erst mal in den Sessel, um zu verschnaufen.

Die beiden Polizisten im Polizeirevier tranken gerade eine Tasse Kaffee, als die Tür aufgerissen wurde und Herr Lürcher ins Zimmer gestürzt kam.
»Sie müssen mitkommen!«, schrie er. »Die beiden Kerle waren wieder da. Sie sind entflohen.«
»Sie sprechen wohl wieder mal von den geheimnisvollen Unbekannten im Gummianzug?«, fragte der eine Polizist.
»Von ebendenen!«, bestätigte Herr Lürcher.
»Und wieso sollen wir mitkommen? Gerade haben Sie doch behauptet, sie wären geflohen«, sagte der andere Polizist.
Herr Lürcher beugte sich weit über den Schreibtisch und sagte triumphierend: »Die beiden haben einen großen Fehler gemacht. Einen ganz großen Fehler. Sie haben nämlich ihr Auto stehen lassen!«
»Wo denn?«, fragte der erste Polizist.
»Bei mir im Wohnzimmer!«
»Soso, bei Ihnen im Wohnzimmer«, wiederholte der Polizist und warf dem anderen einen viel sagenden Blick zu. »In Ihrem Wohnzimmer steht also das Auto?«
»Jawoll!«, sagte Herr Lürcher stolz. »Jetzt kann man an-

hand der Autonummer feststellen, wem es gehört. Dann können Sie die beiden verhaften. Kommen Sie mit!«

»Mein lieber Herr Lürcher, ich glaube, es ist besser, Sie bringen uns das Auto herüber, dann können wir hier die Autonummer ablesen. Hier ist nämlich das Licht besser«, sagte der erste Polizist.

»Wenn das Auto in Ihrem Wohnzimmer Platz hat, dann wird es ja auch in unsere Amtsstube passen, nicht wahr? Wir haben nämlich viel zu tun«, sagte der zweite.

»Sie glauben mir wohl nicht?« Herr Lürcher wurde jetzt ärgerlich. »Sie denken wohl, ich mache mich über Sie lustig?«

»Ganz recht«, sagte der erste Polizist. »Und jetzt verschwinden Sie aber, und zwar auf der Stelle, bevor ich es mir anders überlege. Sonst verhaften wir nämlich nicht Ihre Unbekannten, sondern jemand ganz anderen. Nämlich Sie!«

Herr Lürcher war empört. »Das ist unsere Polizei!«, schimpfte er, während er das Polizeirevier verließ. »Fremde Leute in Gummianzügen suchen Maschinen auf meinem Dachboden, sprechende Papageien verschwinden aus Papierkörben, Autos stehen unter der Wohnzimmerlampe aber die Polizei kümmert das nicht! Die sitzen an ihren Schreibtischen und trinken Kaffee!«

Schimpfend überquerte er die Straße, schimpfend ging er durch seinen Vorgarten und wollte durch die zerbrochene Verandatür ins Wohnzimmer. Aber die Tür war ganz. Außerdem war sie fest verschlossen. Herr Lürcher rannte durch die Haustür in die Wohnung und riss die Wohnzimmertür auf: Alles stand friedlich an seinem Platz, die

Stühle waren um den Tisch in der Zimmermitte gruppiert, sogar die Blumen standen frisch und unberührt in der Vase auf dem Tisch.
»Nicht zu fassen! Unglaublich! Ich werd verrückt! Gut, dass wenigstens die Polizisten nicht mitgekommen sind«, sagte Herr Lürcher erschüttert und ließ sich in einen Sessel sinken. »Jetzt brauche ich aber ein Viertelstündchen Pause und einen starken Kaffee um mich zu erholen.«

»So, jetzt habe ich mich ein bisschen erholt«, sagte Herr Taschenbier und stand aus dem Sessel auf. »Das mit dem Auto ging ja wohl daneben. Was kann ich mir wohl als Nächstes wünschen?« Er überlegte. »Immer wenn ich mir etwas hergewünscht habe, gab es Pannen. Ich glaube, ich sollte mal wieder etwas hinwünschen!«
»Hinwünschen?«, fragte das Sams. »Was denn? Wohin denn?«
»Mich! Ich könnte mich doch irgendwohin wünschen. Wie wäre es mit einem Urlaub auf einer einsamen Insel?«
»Vorsicht! Erklär mir erst, wie du das machen willst. Sonst gibt es wieder Pannen«, sagte das Sams.
»Pannen?«, fragte Herr Taschenbier beleidigt. »Die Fehler hab doch nicht ich gemacht, das war doch immer die Maschine! Ich werde einfach wünschen, dass wir beide auf einer einsamen Insel sind.«
»Wie lange?«, fragte das Sams.
»Vielleicht einen Tag, wenn es uns dort gefällt. Vielleicht eine Minute, wenn es uns nicht gefällt.«
»Und dann?«

»Dann wünsche ich uns zurück.«
»Und wie? Ohne Wunschmaschine?«
»Du hast Recht«, sagte Herr Taschenbier. »Daran habe ich nicht gedacht. Die Wunschmaschine bleibt ja hier, die darf nicht bewegt werden. Und ohne Maschine kommen wir nicht mehr weg von der Insel. Was machen wir nur?«
»Ich fürchte, du musst allein auf deine einsame Insel, Papa. Ich bleibe hier bei der Wunschmaschine und wünsch dich wieder zurück.«
»Ja, so geht es«, sagte Herr Taschenbier. »Schade, dass du nicht mitkannst. Aber wenn es dort schön ist, können wir uns ja abwechseln: Einmal gehe ich auf die Insel und du holst mich zurück, dann darfst du auf die Insel und ich wünsche dich zurück. Einverstanden?«
»Einverstanden. Wann soll ich dich denn wieder zurückwünschen?«
»Vielleicht nach einer Stunde«, schlug Herr Taschenbier vor.
»Lieber schon nach fünf Minuten«, meinte das Sams. »Wer weiß, wo du landest. Wenn es dort schön ist, kann ich dich ja gleich wieder hinwünschen.«
»Auch recht«, sagte Herr Taschenbier, stellte den Hebel der Wunschmaschine auf EIN, wartete, bis das Lichtchen regelmäßig blinkte, und sagte: »Ich wünsche, dass ich jetzt gleich auf einer einsamen Insel stehe!«
Die Maschine summte – und das Sams war allein im Zimmer. Eine Weile ging es auf und ab, schaukelte ein bisschen am Vorhang, balancierte auf der Sessellehne und schließlich, als es meinte, dass nun fünf Minuten um seien, sagte es in den Trichter der Wunschmaschine:

»Ich wünsche Papa Taschenbier
sofort in dieses Zimmer hier.«

Die Maschine summte wieder und Herr Taschenbier stand schlotternd auf dem Tisch, hatte die Hände Wärme suchend in die Achselhöhlen geschoben und zitterte am ganzen Körper vor Kälte.

»Diese dämliche Maschine!«, schimpfte er. »Die muss mich ganz in der Nähe vom Nordpol abgesetzt haben. Das war eine Kälte, kann ich dir sagen! Da hätte ich es keine Minute länger ausgehalten.«

»War es denn wenigstens eine einsame Insel?«, fragte das Sams.

»Wahrscheinlich die einsamste der Welt«, sagte Herr Taschenbier und stieg vom Tisch. »Kein Mensch weit und

breit, der mir einen Pelzmantel hätte leihen können. Nur Felsen und Wasser mit Eisbergen drin.«

»Die Maschine kann doch nichts dafür, wenn du nur ›einsame Insel‹ sagst. Kannst du es ihr nicht genauer erklären?«

»Ich kann der Maschine ja schließlich nicht den Namen einer Insel sagen«, verteidigte sich Herr Taschenbier. »Wenn ich den wüsste, wäre es ja keine unbekannte, einsame Insel, wie ich sie mir vorstelle. Ich versuche es einfach noch einmal. Aber diesmal werde ich bestimmt nicht frieren.«

Er stellte sich vor die Maschine. Da der Hebel immer noch auf EIN stand, brauchte er nur zu sagen: »Ich wünsche mir, dass ich jetzt gleich auf einer heißen einsamen Insel stehe!«

Die Maschine summte und Herr Taschenbier war verschwunden.

Diesmal guckte das Sams ein wenig aus dem Fenster, kletterte dann auf den Schrank und sprang von dort auf das Bett, und als es schließlich meinte, dass wieder fünf Minuten vorbei seien, sagte es zu der Wunschmaschine:

»Ich wünsche, dass Herr Taschenbier
im Zimmer steht, hier neben mir!«

Die Maschine summte und Herr Taschenbier stand neben dem Sams. Seine Schuhe rochen nach angesengtem Leder, sein rechtes Hosenbein war angekohlt und qualmte noch ein bisschen.

»Höchste Zeit!«, rief er. »Fünf Minuten später, und die Insel wäre mit mir in die Luft geflogen. Der Boden fing schon an zu beben.«

»War es dort wenigstens heiß auf der Insel?«, fragte das Sams.
»Heiß ist gar kein Ausdruck!«, erklärte Herr Taschenbier. »Es war eine Vulkaninsel. Aber voll heißer Asche und flüssiger Lava. Gut, dass du mich da wieder weggeholt hast. Ich wage schon gar nicht mehr, mich auf eine andere Insel zu wünschen. Das wird ja immer gefährlicher.«
»Wie stellst du dir deine Trauminsel eigentlich vor?«
»Die Sonne soll scheinen. Es soll Palmen geben und hellen Sand und klare Quellen. Und das Meer drum herum soll blau und sauber sein.« Herr Taschenbier geriet ins Schwärmen.
»Und warum erzählst du nicht genau das der Wunschmaschine?!«
»Du hast Recht«, sagte Herr Taschenbier. »Das werde ich tun. – Ich wünsche, dass ich jetzt gleich auf einer Insel stehe, wo es Palmen gibt, hellen Sand, klare Quellen und blaues Meer und viel Sonne!«
Die Maschine summte und das Sams war wieder allein im Zimmer. Es holte sich die Zeitung aus dem Regal, las ein paar Zeilen, faltete dann ein Flugzeug aus einer Zeitungsseite und ließ es einige Male durch das Zimmer segeln.
Als etwa fünf Minuten vorbei waren, stellte es sich vor die Maschine und sagte:

»Ich wünsche, dass Herr Taschenbier
im Zimmer steht, hier neben mir!«

Die Maschine summte und Herr Taschenbier stand neben dem Sams. Er hatte seine Jacke und die Schuhe aus-

gezogen, weißer Sand rieselte von seinen nackten Füßen.
»Das solltest du sehen!«, rief er begeistert. »Eine Insel wie aus einem Bilderbuch: Palmen, Sand und Meer. Ich wünschte, wir wären zusammen auf der Insel, dann könntest ...«
Das Sams unterbrach ihn hastig:
»Vorsicht! Nicht wünschen, Papa! Die Maschine ist doch noch ange...«
Aber es war schon zu spät. Sie hörten gerade noch das Klicken, mit dem sich die Maschine ausschaltete, dann standen beide auch schon unter einer Kokospalme am Strand. Vor ihnen rauschte die Brandung und große Seevögel flogen dicht über die Wasseroberfläche. Hinter ihnen, aus dem dichten Urwald, ertönte das Krächzen der wilden Papageien und das Kreischen der Affen.
»Schön hier, Papa«, sagte das Sams begeistert. »Ganz, wie du es dir gewünscht hast.«
»Was machen wir nur? Das ist ja schrecklich!«, jammerte Herr Taschenbier.
»Schrecklich? Wieso schrecklich? Was gefällt dir denn nicht?«
»Nie mehr kommen wir zurück!«, stammelte Herr Taschenbier. »Jetzt müssen wir für immer hier auf dieser Insel bleiben.«
Bleich vor Schreck setzte er sich in den bleichen Sand.
»Was hast du denn auf einmal?«, fragte das Sams. »Erst wolltest du unbedingt auf diese Insel, dann sollte ich sogar herkommen – und jetzt sitzt du da und jammerst!«
»Ich wollte ein bisschen Urlaub machen, aber nicht den

Rest meiner Tage hier verbringen«, sagte Herr Taschenbier. »Wo sollen wir denn schlafen?«
»Ganz einfach«, sagte das Sams. »Wir bauen uns eine Hütte aus Palmwedeln.«

»Und was sollen wir essen?«
»Kokosnüsse. Und Ananas. Und Bananen. Und manchmal fangen wir uns Fische.«
»Und trinken?«
»Wasser. Wir trinken Wasser, schließlich hast du dir eine Insel mit klaren Quellen gewünscht.«
»So! Und was mache ich, wenn ich mal krank werde? Na, jetzt weißt du aber keine Antwort mehr, oder?!«
»Doch! Wenn du krank wirst, gehst du ins Krankenhaus.«
»Ins Krankenhaus? Wo soll denn ein Krankenhaus sein?«
»Ecke Albert-Schweitzer-Straße und Gartenstraße«, sagte das Sams und lachte. »Direkt neben der Straßenbahnhaltestelle.«
Jetzt war Herr Taschenbier wirklich ärgerlich. »Und wie sollte ich da hinkommen?«, fragte er aufgebracht. »Ich bin verzweifelt und du machst noch Witze!«
»Aber Papa«, sagte das Sams und lachte noch mehr. »Schau doch mal mein Gesicht ganz genau an!«
»Dein Gesicht? Was bin ich für ein Esel – ich meine: für ein Dummkopf!«, rief Herr Taschenbier und lachte auch. »Ich habe mich schon so daran gewöhnt, mit der Wunschmaschine zu wünschen, dass ich den einen blauen Punkt, den du noch hast, ganz vergessen habe.«
»Eben! Dann wünsch uns mal ganz schnell zurück ins Zimmer, Papa!«
»Nein, das ist nun nicht mehr eilig«, sagte Herr Taschenbier und stand auf. »Jetzt, wo ich weiß, dass wir wieder zurückkönnen, bleibe ich gern ein paar Wochen hier und mache Urlaub.«

Und das wollten sie beide.
Nachdem sie im Meer gebadet hatten, ließen sie sich in den feinen Sand fallen und von der Sonne trocknen.
Nach einer Weile bekamen sie Hunger. Das Sams stieg einfach auf eine Palme und warf Kokosnüsse hinunter. Während Herr Taschenbier noch am Strand entlangging, um nach einem Stein zu suchen, mit dem er die harte Nussschale aufschlagen konnte, war das Sams schon von der Palme gerutscht, hatte die Nüsse aufgesammelt und mit seinen Schneidezähnen aufgenagt.
Als Herr Taschenbier schließlich mit einem kleinen Stein zurückkam, lagen die Nüsse schon schön geöffnet in einer Reihe da. Herr Taschenbier nahm eine Nusshälfte und schlürfte die weiße Kokosmilch.
»Wenn man ein Sams bei sich hat, kann man Nussknacker, Flaschenöffner und Korkenzieher zu Hause lassen«, sagte er lachend.
»Und Zelte auch«, sagte das Sams. »Denn jetzt werde ich uns eine Hütte bauen!«
Es sammelte Stöcke, steckte sie schräg in den Sand, flocht Palmwedel dazwischen und bald darauf stand am Strand eine einfache, gemütliche Hütte.
Am Abend saßen sie davor und bestaunten den Himmel und die Sterne, die hier viel heller und größer aussahen als zu Hause. Der Wind war umgeschlagen, wehte jetzt meerwärts und ließ die Palmwedel leise rascheln.
Das Sams gähnte laut. »Wo sind wir hier eigentlich? Kannst du das am Stand der Sterne ablesen?«, fragte es.
Herr Taschenbier betrachtete den Himmel, dann sagte er: »Als das in der Schule behandelt wurde, muss ich gerade

gefehlt haben. Aber wenn es nach meinem Sonnenbrand geht, müssen wir sehr weit im Süden sein.« Er rieb sich die Nase, die besonders verbrannt war.
»Im Süden? Sind wir vielleicht in der Südsee?«, sagte das Sams und hopste begeistert auf und ab.
»Kann schon sein.«
»In der Südsee singt man doch Südseelieder.« Das Sams summte vor sich hin. »Ich werde dir gleich eins vorsingen«, sagte es.
»Aber bitte nur eins! Mehr kann ich vor dem Schlafengehen nicht aushalten.«
»Dann aber ein besonders schönes«, sagte das Sams und begann:

»Wenn ich in die Nordsee schau,
wird es mir sofort sehr flau.«

»Ich denke, du willst ein Südseelied singen?«, fragte Herr Taschenbier erstaunt.
»Das wird auch eins. Das war die Einleitung. Wenn man etwas loben will, muss man in der Einleitung erst erzählen, wie schlecht alles andere ist, dann lobt das Lob besser.«
»Na, dann lobe mal«, sagte Herr Taschenbier.
Und das Sams fing noch einmal an:

»Wenn ich in die Nordsee schau,
wird es mir sofort sehr flau.
Wenn ich in die Ostsee seh,
tut das meinen Augen weh.
Den nordpazifischen Ozean,
den schau ich mir erst gar nicht an.
Der Kanal

ist mir zu schmal.
Das Mittelmeer
gibt nicht viel her.
Und der Atlantik
macht mich ganz grantig.
Den richtig gemütlichen,
durch und durch südlichen,
nasenhautrötenden,
letzten-Nerv-tötenden
Urlaubersonnenbrand
gibt es nur wo?
Gibt es nur wo?
Den gibt's nur am Südseestrand!«

»Drum, wenn ich auf 'ner See steh, dann einzig auf der Südsee, auch wenn ich jetzt ins Bett geh …«, reimte Herr Taschenbier. Er reckte sich, gähnte und kroch in die Hütte. Nach diesem Tag war er wirklich müde.

Das Sams folgte ihm und gleich darauf waren beide eingeschlafen.

5. KAPITEL
Das Sams in Gefahr

Es hupte und tutete. Im Halbschlaf murmelte Herr Taschenbier: »Lass den Lärm! Frau Rotkohl wird gleich schimpfen.«
»Das bin nicht ich«, sagte das Sams neben ihm.
Herr Taschenbier richtete sich auf. »Wie kommt der Sand in mein Bett? Was hast du da schon wieder angestellt?«, fragte er noch ganz schlaftrunken.
Das Sams lachte.
Jetzt war Herr Taschenbier aber wach. Er lachte auch. »Ach so, wir sind ja auf einer Insel«, sagte er. »Aber wer macht da solchen Lärm? Ich denke, es ist eine einsame Insel!«
Sie krochen aus ihrer Hütte und schauten sich um. Vor der Brandung ankerte ein Dampfer. Zwei Motorboote näherten sich langsam dem Strand.
»Wir bekommen Besuch! Was sollen wir machen?«, sagte Herr Taschenbier.
»Gar nichts«, meinte das Sams. »Abwarten, was geschieht.« Und das taten sie auch.
Nachdem sie sich ein paar Früchte aus dem Urwald geholt hatten, frühstückten sie gemütlich. Nach dem Frühstück gingen sie schwimmen und beschlossen dann, im

Schatten der Palmen auszuruhen und ein bisschen zu dösen. Die beiden Boote waren inzwischen hinter einer Landzunge verschwunden.

Etwa zur gleichen Zeit klingelte es bei Frau Rotkohl an der Tür.

Frau Rotkohl öffnete. Herr Mon stand davor, mit einem Blumenstrauß in der Hand.

»Ich hatte heute Morgen in der Stadt zu tun«, erklärte er ein bisschen verlegen. »Ich musste nämlich aufs Finanzamt wegen der Hundesteuer. Und da dachte ich: Soll ich nicht einmal bei meinem Freund Taschenbier vorbeischauen? Ja, das sollte ich. Und da bin ich.«

»Herr Taschenbier wird sich aber über die schönen Blumen freuen«, sagte Frau Rotkohl.

»Die sind – also, eigentlich sind die ja für Sie gedacht«, sagte Herr Mon artig und überreichte ihr den Strauß. »Sind sie nicht schön? Ja, das sind sie. Und dabei gar nicht teuer.«

»So eine Überraschung«, sagte Frau Rotkohl und wurde rot. »Sie wissen ja, wo sein Zimmer ist, gehen Sie nur hinein. Ich weiß allerdings nicht, ob er schon wach ist. Ich habe ihn heute Morgen noch nicht gehört. Obwohl ich natürlich nie lausche. Aber diesen Robinson hört man ja meistens durch alle Wände.«

Frau Rotkohl blieb neben ihm stehen, als Herr Mon klopfte. Keine Antwort. Herr Mon klopfte noch einmal. Wieder keine Antwort.

»Er hat wohl einen besonders tiefen Schlaf. Ja, das hat er«, sagte Herr Mon.

»Sie können mir ja Gesellschaft leisten, bis er aufgestanden ist«, schlug Frau Rotkohl vor.
»Gesellschaft? Ja, das könnte ich«, sagte Herr Mon. »Und wenn Sie mir ein Tässchen Kaffee anbieten, sage ich nicht nein!«

»Schau mal, Papa, was da kommt!«, flüsterte das Sams und rüttelte Herrn Taschenbier an der Schulter. »Vielleicht hätten wir uns lieber im Urwald verstecken sollen.«
Herr Taschenbier fuhr hoch und schaute in die Richtung, in die das Sams zeigte. Um die nächste Strandbiegung kam eine Touristengruppe. Die meisten trugen knielange Hosen und bunte Hemden und hatten dunkle Sonnenbrillen auf. Die Frauen trugen Strohhüte, die Männer rote Mützen mit breitem weißem Schirm. Auf der Mütze stand *Südsee-Abenteuer-Tours*. An der Spitze marschierte ein Mann in Tropenuniform, ein Megafon in der Hand.
Jetzt drehte sich der Mann zu den Touristen um und sagte durch das Megafon: »Meine Damen und Herren, ich darf Sie bitten dicht zusammenzubleiben. Hier an diesem unberührten Südseestrand wartet jetzt ein einzigartiges Südseemittagessen auf uns. Ich darf Sie bitten sich im Schatten der Palmen niederzulassen und den einzigartigen Blick zu genießen. Die Reiseleitung wird gleich die mitgebrachten Essensportionen in der praktischen Vakuum-Packung verteilen. Zum Öffnen müssen Sie die Plastikfolie am Pfeil nach rechts ...«
Verblüfft verstummte er. Er hatte Herrn Taschenbier und

das Sams entdeckt. Er starrte die beiden an und kam neugierig näher, hinter ihm die Urlauber.
»Wo kommen Sie denn her?«, fragte der Reiseleiter. »Sind Sie von einer anderen Reisegesellschaft?«
»Nein, wir sind ganz allein hergekommen«, antwortete das Sams stolz.
»Und wer sind Sie?«
»Das ist Papa Taschenbier und ich heiße Robinson«, erklärte das Sams.
»Robinson? Heißt das, dass du ein Robinson bist? Lebt ihr hier ganz allein auf der Insel? Und seit wann? Habt ihr Schiffbruch erlitten? Wo ist denn euer Boot?«, fragten die Leute durcheinander. Einer richtete seine Kamera auf die beiden und begann zu filmen. Sofort fingen alle anderen auch an Herrn Taschenbier und das Sams zu filmen und zu fotografieren.
»Wir haben doch gar kein Boot … wir …« Herr Taschenbier wurde ganz verlegen, er mochte es nicht, dass er von allen fotografiert wurde. »Es … lag an der Maschine …«
»Ach, Sie hatten Maschinenschaden?«, fragte der Reiseleiter.
»Ja, so kann man es nennen«, sagte das Sams.
»Maschinenschaden, wie aufregend!«, rief eine Touristin und machte noch mehr Fotos von Herrn Taschenbier und vom Sams. »Wir werden Sie selbstverständlich retten.«
»Bestimmt sind die beiden halb verhungert und verdurstet«, rief einer aus der Gruppe. »Gebt ihnen doch was Ordentliches zu essen!«
Aber Herr Taschenbier wollte nicht, denn sie hatten gerade erst gefrühstückt.

Die Touristen ließen sich neben Herrn Taschenbier und dem Sams nieder, öffneten ihre Esspakete, aßen und tranken ihre mitgebrachten Dosen leer. Bald war der schöne weiße Strand unter den Palmen mit Papier, leeren Plastikpackungen und Limonadendosen bedeckt.
»Lass uns hier verschwinden!«, flüsterte Herr Taschenbier dem Sams zu.
Der Reiseleiter hatte es gehört. »Verschwinden? Sie meinen doch nicht, dass Sie von hier verschwinden wollen?«, sagte er erschrocken. »Wir wollen Sie doch von der Insel retten. Am besten, Sie folgen uns. Wir werden Sie sicher aufs Schiff bringen, keine Sorge!«
»Ich wollte doch … ich …«, fing Herr Taschenbier an.

Das Sams unterbrach ihn. »Er meint, wir müssen noch etwas aus unserer Hütte dort holen«, sagte es schnell.
Herr Taschenbier nickte erleichtert. »Ja, ja, genau, ganz richtig!«, rief er und die beiden gingen zur Hütte und krochen hinein.

Herr Mon hatte in der Zwischenzeit nicht nur eine, sondern bereits drei Tassen Kaffee getrunken. Aus Herrn Taschenbiers Zimmer war immer noch nichts zu hören.
»Sollte man Herrn Taschenbier nicht einfach wecken? Doch, das sollte man«, sagte Herr Mon entschlossen und ging hinüber zu dessen Zimmer. Er klopfte. Als wieder keine Antwort kam, öffnete er die Tür. Das Zimmer war leer.
»Sonderbar«, sagte Frau Rotkohl verwundert, die ihm gefolgt war. »Ich habe die beiden gar nicht aus dem Zimmer gehen sehen.«
Herrn Mon kam ein Verdacht. »Ich werde hier warten, bis mein Freund zurückkommt«, sagte er zu Frau Rotkohl.
»Wenn es Ihnen langweilig wird, können Sie ja wieder zu mir in die Küche kommen«, sagte sie und ließ Herrn Mon allein. Herr Mon betrachtete die Maschine. Sie war betriebsbereit, denn das Lichtchen leuchtete. »Die beiden sind bestimmt in Gefahr. Vielleicht sitzen sie irgendwo fest und wissen nicht, wie sie zurückkommen sollen«, überlegte er laut. »Ob ich sie einfach zurückwünsche? Ja, das werde ich. Vorgestern habe ich ja gesehen, wie das funktioniert. Am besten, ich wünsche die beiden vor die Haustür. Sonst merkt Frau Rotkohl was. Schließlich hat sie gerade gesehen, dass das Zimmer leer war.« Er stellte

den Hebel auf EIN und sagte: »Ich wünsche, dass mein Freund Taschenbier und sein Sams draußen vor der Haustür stehen!«

Genau in dem Augenblick beugte sich in der Palmwedelhütte Herr Taschenbier zum Sams und flüsterte ihm zu: »So, jetzt wollen wir aber ganz schnell von hier verschwinden, bevor die uns auf ihr Schiff retten. – Ich wünsche, dass wir beide zu Hause in meinem Zimmer stehen!«

»Nanu?«, sagte Herr Mon, als gleich darauf Herr Taschenbier und das Sams neben ihm im Zimmer standen. »Ich habe euch doch vor die Haustür ge…« Das Wort blieb ihm im Hals stecken, denn Herr Taschenbier und das Sams waren schon wieder verschwunden.
»Wieso stehen wir vor der Haustür, ich habe uns doch ins Zimmer ge…«, fing Herr Taschenbier vor der Haustür an, da stand er schon wieder in seinem Zimmer.
»…wünscht!«, vollendete Herr Mon verblüfft seinen Satz. Aber ehe ihm Herr Taschenbier antworten konnte, stand er schon wieder mit dem Sams vor der Tür.
»Was ist denn los?«, rief er. »Wieso sind wir …«
Da standen sie schon wieder neben Herrn Mon im Zimmer. »Das blaue Licht!«, schrie das Sams erschrocken und deutete auf die Maschine. Ein blaues Licht begann schwach zu leuchten. »Das blaue Licht! Festhalten, sonst …« Aber sie standen schon wieder draußen.
»Was meinst du?«, rief Herr Taschenbier aufgeregt. Bevor das Sams antworten konnte, befanden sie sich schon wieder im Zimmer.

»Festhalten! Du musst uns festhalten!«, schrie das Sams Herrn Mon zu. Aber ehe der etwas tun konnte, waren die beiden wieder verschwunden.

Erst als sie das nächste Mal auftauchten, packte Herr Mon Herrn Taschenbier am Arm und das Sams klammerte sich an Herrn Taschenbier fest.

»Schnell die Maschine ausschalten! Schnell, schnell!«, schrie das Sams.

Herr Mon langte mit seiner freien Hand um die Maschine herum und stellte den Hebel auf AUS. Das Sams wies aufgeregt auf das blaue Lämpchen oben an der Maschine, das jetzt immer schneller blinkte.

»Zu spät! Das blaue Licht!«, rief es verzweifelt. »Jetzt kämpfen die beiden Wünsche gegeneinander. Entweder ist die Maschine stärker oder ich. Das wird für den Schwächeren schlimm ausgehen, ganz schlimm!«

»Aber warum denn? Was ist eigentlich los?«, rief Herr Taschenbier aufgeregt. Jetzt, nachdem die Maschine abgeschaltet war, blieben er und das Sams im Zimmer, ohne dass sie festgehalten wurden.

»Zwei Wünsche gleichzeitig!«, murmelte das Sams matt. »Zwei Wünsche, die sich ausschließen: Wir können nicht gleichzeitig vor der Haustür und im Zimmer sein. – Ich muss mich setzen, mir wird ganz schlecht.«

Herr Taschenbier war ganz außer sich. »Um Himmels willen«, stammelte er, nahm das Sams und ließ es sanft in einen Sessel gleiten. »Brauchst du eine Medizin? Kann ich dir helfen?«

»Ein kaltes Tuch auf die Stirn«, ächzte das Sams. »Mir ist so fürchterlich heiß!«

»Es hat bestimmt hohes Fieber!«, rief Herr Taschenbier. »Es ist wirklich ganz heiß.«
»Die Maschine wird jetzt auch heiß!«, rief Herr Mon und deutete auf die Wunschmaschine. Einige Drähte fingen an zu glühen, Lämpchen leuchteten grell auf und brannten durch, aus dem Gehäuse stieg dunkler Qualm.

»Lass doch die dumme Maschine!«, schrie Herr Taschenbier. Die Maschine war ihm jetzt ganz unwichtig, wichtig war nur das Sams. »Bring mir einen feuchten Lappen! Siehst du nicht, dass das Sams krank ist?«
»Einen feuchten Lappen? Ja, den hol ich sofort!«, sagte Herr Mon aufgeregt und war im Nu mit einem nassen Handtuch zurück.

Als Herr Taschenbier es dem Sams auf die Stirn legte, fing das Handtuch an zu dampfen. Und im selben Augenblick fing auch die Maschine an zu zischen, es knallte in ihrem Innern, das blaue Licht flackerte und erlosch.
»Gewonnen! Die Maschine ist durchgebrannt!«, murmelte das Sams mit einem Seufzer der Erleichterung und wurde ohnmächtig.
»Es ist bewusstlos! Was sollen wir tun?«, rief Herr Taschenbier Herrn Mon zu. »Wir müssen gleich einen Arzt holen.« Er nahm das Sams vorsichtig in die Arme, hob es aus dem Sessel und legte es auf sein Bett.
Herr Mon war anderer Meinung. »Ist es nicht besser, wir fahren das Sams in meinem Auto ins Krankenhaus? Ja, das ist besser«, sagte er. Unschlüssig standen beide neben dem Bett und schauten zum Sams hinunter. Es bewegte sich ein bisschen und murmelte vor sich hin.
»Es ist nicht mehr ohnmächtig. Es redet schon wieder«, sagte Herr Taschenbier erleichtert. Er beugte sich zum Sams und fragte: »Wie geht's dir denn? Hast du Schmerzen? Sollen wir einen Arzt holen? Oder dich ins Auto packen und ins Krankenhaus fahren?«
Das Sams flüsterte Herrn Taschenbier eine Antwort zu.
»Ich glaube, das Schlimmste ist überstanden. Es macht schon wieder dumme Witze«, sagte Herr Taschenbier zu Herrn Mon.
»Wieso? Was hat es denn gesagt?«, fragte Herr Mon.
»Es hat gesagt: ›Am besten, ihr packt das Krankenhaus und fahrt den Arzt ins Auto.‹ – Was machen wir denn nur?«
Das Sams hob den Kopf. »Nichts macht ihr«, sagte es,

schon so laut, dass es auch Herr Mon verstehen konnte. »Die Maschine ist kaputt und ich bin ganz, ganz müde. Ich muss lange schlafen, das ist alles. Gute Nacht!« Es drehte sich zur Seite und schlief auf der Stelle ein.
Herr Taschenbier beugte sich über das Sams.
»Es atmet ganz tief und gleichmäßig«, sagte er leise zu Herrn Mon. »Ich glaube, es braucht wirklich keinen Arzt. Wir lassen es schlafen.«
Die beiden setzten sich an den Tisch, schauten dem Sams beim Schlafen zu und unterhielten sich flüsternd.
»Verstehst du eigentlich, was passiert ist?«, fragte Herr Taschenbier. »Das Sams hat von zwei Wünschen geredet. Aber ich habe doch nur einen Wunsch ausgesprochen.«
»Ach, du auch?«, flüsterte Herr Mon. »Wie konntest du wünschen, du hattest doch gar keine Wunschmaschine?«
Herr Taschenbier starrte ihn an.
»Was heißt hier auch? Hast du etwa an meiner Wunschmaschine herumgewünscht?«, fragte er.
»Ob ich gewünscht habe? Ja, das habe ich. Ich habe euch beide vor die Haustür gewünscht.«
Jetzt wurde Herr Taschenbier laut. »Bist du wahnsinnig? Du kannst dich doch nicht einfach vor die Maschine stellen und draufloswünschen. Jetzt begreife ich langsam: Ich habe uns ins Zimmer gewünscht und du, dass wir vor der Tür stehen. Kein Wunder, dass es so eine Katastrophe gab«, sagte er böse. »Dass das Sams jetzt im Bett liegt, daran bist du schuld! Du und kein anderer!«
»Aber erlaube mal, ich wollte doch nur euer Bestes, ja, das wollte ich!«, verteidigte sich Herr Mon. Auch er flüsterte jetzt nicht mehr. »Kann ich denn ahnen, dass du

gleichzeitig etwas anderes wünschst? Ohne Wunschmaschine? Nein, das kann ich nicht!«
Herr Taschenbier konnte sich gar nicht beruhigen. Weil er sich Sorgen um das Sams machte, wurde er viel heftiger, als er eigentlich wollte. »Warum gehst du einfach an meine Maschine, wenn ich nicht da bin?«, rief er. »Was hattest du überhaupt in meinem Zimmer zu suchen?«
»Wenn du mich nicht in deinem Zimmer haben willst, dann kann ich ja gehen«, rief Herr Mon gekränkt. »Ja, das kann ich. Auf der Stelle.«
Das Sams drehte sich zu den beiden um.
»Könnt ihr euch nicht ein bisschen leiser streiten?«, murmelte es. »Ich will schlafen.«
»Da siehst du es«, sagte Herr Taschenbier und schaute Herrn Mon anklagend an. »Jetzt hast du das Sams aufgeweckt mit deinem Geschrei!«
»Ist das nicht eine Gemeinheit? Ja, und was für eine!«, sagte Herr Mon beleidigt, stand auf und ging zur Tür. »*Er* schreit und *ich* soll das Sams aufgeweckt haben! Und in seinem Zimmer will er mich auch nicht haben, na bitte. Sieht man mich noch einmal in diesem Zimmer hier? Nein, nie!«
Unter der Tür drehte er sich noch einmal um und sagte nachdrücklich: »Niemals!« Dann schlug er die Tür zu und ging.
Gleich darauf hörte Herr Taschenbier, wie draußen der Motor von Herrn Mons Auto angelassen wurde. Er riss das Fenster auf und schrie Herrn Mon nach: »Warte doch, Mon! So hab ich es ja nicht gemeint. Ich war doch nur so aufgeregt ...«

Aber Herr Mon hatte das Seitenfenster hochgekurbelt und hörte ihn nicht. Er startete und brauste davon.
Bedrückt ging Herr Taschenbier zurück zum Tisch. Er ließ das Fenster offen, denn im Zimmer roch es immer noch nach verbranntem Gummi und durchgeschmorten Kabeln. Die Maschine rauchte noch ein bisschen.
Herr Taschenbier stellte den Hebel auf EIN, aber das rote Lichtchen leuchtete nicht und die Maschine blieb ganz still.
Traurig setzte er sich in den Sessel und starrte vor sich hin.
So saß er immer noch, als es dämmerte. Irgendwann am Abend tastete er sich im Dunkeln durchs Zimmer und schloss das Fenster. Dann tastete er sich zurück zum Sessel, setzte sich wieder und schlief kurz darauf ein.

6. KAPITEL
Kurzschluss

Am nächsten Morgen wurde Herr Taschenbier davon wach, dass ihn das Sams sanft mit dem Finger auf die Nase stupste.
»He, Papa, was ist mit dir los?«, fragte es. »Wenn du noch schläfst, warum sitzt du dann im Sessel? Und wenn du schon wach bist, wieso hast du dann die Augen zu? Bist du *noch* angezogen oder *schon* angezogen?«
Verwirrt von so vielen Fragen, schüttelte Herr Taschenbier nur den Kopf. Er war noch ganz schläfrig und wusste selber nicht, wieso er in einem Sessel aufwachte.
Aber dann fiel ihm alles ein. Er strahlte und sagte: »Schön, dass du wieder aufstehn kannst! Fühlst du dich schon ganz gesund?«
»Wieso? War ich denn krank?«, fragte das Sams.
Herr Taschenbier wurde wieder traurig. »Erinnerst du dich nicht an gestern?«, fragte er zurück.
Das Sams lachte. »Doch!«, sagte es. »Ich hätte gern gesehen, was die Touristen für ein Gesicht gemacht haben, als unsere Hütte leer war! Bestimmt denken sie jetzt, es gäbe böse Geister auf der Insel.«
»Ja, ja«, sagte Herr Taschenbier. »Aber dann! Erinnerst du dich nicht an das, was dann kam?«

»Dann? Dann bin ich wohl eingeschlafen«, überlegte das Sams.
»Erinnerst du dich wirklich nicht? Schau dir doch mal die Maschine an!« Herr Taschenbier zeigte auf die rauchgeschwärzte Wunschmaschine.
»Die Masch...« Das Sams stockte mitten im Wort und starrte auf die Maschine. »Ach, du grünes Sams! Jetzt fällt mir alles wieder ein«, sagte es bedrückt und setzte sich zu Herrn Taschenbier in den Sessel. »Das blaue Licht. Die Maschine durchgebrannt. Streit mit Herrn Mon. Das war ein schlimmer Tag gestern! Du tust mir richtig Leid, Papa.«
»Nur gut, dass du wieder gesund bist«, sagte Herr Taschenbier. »Obwohl ich sehr glücklich wäre, wenn mir die Maschine wenigstens noch einen einzigen Wunsch erfüllen könnte.«
»Welchen denn?«, fragte das Sams interessiert. »Willst du wieder Geld haben?«
»Nein, etwas ganz anderes«, sagte Herr Taschenbier. Er machte eine Pause. »Es hängt mit dir zusammen. Musst du eigentlich am nächsten Samstag wieder weggehen?«
»Klar«, sagte das Sams. »Samse kommen am Samstag und gehen am Samstag. Das weißt du doch.«
Herr Taschenbier seufzte. »Ich hätte meinen Wunsch gleich am ersten Tag sagen sollen. Aber ich wollte damit bis zum Samstag warten – und jetzt ist es zu spät. Die Maschine ist kaputt und nicht mehr zu reparieren.«
»Wieso nicht?«, fragte das Sams. »Hast du es denn schon versucht?«
»Wäre das denn möglich?«, sagte Herr Taschenbier hoff-

nungsvoll. »Ich verstehe ja nichts von Maschinen. Meinst du, dass du sie vielleicht reparieren könntest?«
»Ich kann es ja mal versuchen«, meinte das Sams. »So gut wie vorher wird sie nie mehr gehen! Große Wünsche kann sie bestimmt nicht mehr erfüllen. Aber vielleicht kleine! Du musst nur verschiedene Sachen besorgen: eine dreimal gedrehte Drahtsaite, zweieinhalb Zentimeter Zinkdraht, Schraubenzieher, Schrauben und mindestens zwei Senfgurken.«
»Senfgurken? Arbeitet die Maschine mit Gurkenkraft?«, fragte Herr Taschenbier verblüfft.
»Nein, ich«, sagte das Sams. »Die brauche ich, weil mich Wunschmaschinenreparaturarbeiten ziemlich hungrig machen.«
»Hast du denn schon mal eine Wunschmaschine repariert?«
»Nein, noch nie!«
»Woher weißt du dann, dass dich eine Wunschmaschinenreparatur hungrig macht?«
»Weil ich immer Hunger habe.« Das Sams rieb sich seinen Bauch. »Jetzt zum Beispiel könnte ich ein schönes Frühstück vertragen.«
Herr Taschenbier stand auf. »Du hast Recht«, sagte er. »Wir wollen uns von einer kaputten Wunschmaschine nicht das Frühstück vermiesen lassen. Jetzt wird gefrühstückt!«

Nach dem Frühstück schaute sich das Sams die Maschine erst einmal ganz genau an. Es klopfte am Gehäuse, kippte die Maschine ein bisschen, um darunter gucken zu kön-

nen, und stieg auf den Tisch, um sie von oben zu untersuchen.
Je länger es die Maschine betrachtete, desto länger wurde sein Gesicht.
Und je länger Herr Taschenbier dem Sams dabei zuschaute, desto sorgenvoller sah er aus.
Schließlich stieg das Sams vom Tisch und setzte sich auf den Stuhl. »Es sieht schlimm aus. Viel schlimmer, als ich dachte«, sagte es niedergeschlagen. »Da kann eine dreimal gedrehte Drahtsaite auch nicht mehr helfen. Ich weiß gar nicht, was man da machen könnte. – Hast du eine lange Leitung?«
»Lange Leitung? Wie meinst du das?«, fragte Herr Taschenbier.
Das Sams stieg wieder auf den Tisch, zeigte auf eine Ecke der Maschine und sagte: »Ich brauchte eine lange Leitung von dieser Ecke zur anderen. Sie müsste allerdings aus Ixqua-Draht sein, Ypsilonqua-Draht wäre viel zu kurz.«
»Hast du denn so einen Draht?«, fragte Herr Taschenbier.
»Nein, aber ich könnte ihn vielleicht besorgen«, sagte das Sams langsam und überlegte eine Weile. Dann sprang es vom Tisch, kletterte aus dem Fenster und rief: »Ich hole ihn!«
Gleich darauf war es verschwunden.
Herr Taschenbier wartete geduldig neben der Maschine.
Am späten Nachmittag, als es schon dämmrig wurde, hörte er endlich das Sams draußen rufen und half ihm durchs Fenster. »Hast du Erfolg gehabt?«, fragte Herr Taschenbier gespannt.

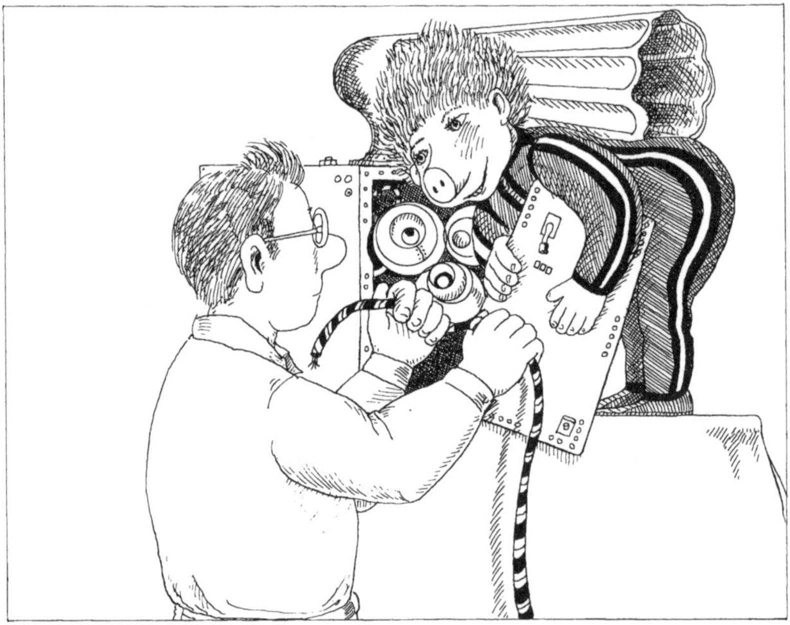

Das Sams nickte fröhlich. »Und ob!«, rief es. »Hier: einen ganz langen Ixqua-Draht für unseren Apparat. Sogar ein ganz besonders gutes Fabrikat. Mann, Papa, hast du was gemerkt?!«
»Was denn? Ist etwas mit dem Draht?«, fragte Herr Taschenbier. »Was soll ich denn merken?«
»Na, dass ich wieder einmal gereimt habe!«, sagte das Sams stolz. »Manche mühen sich tagelang ab, um einen Reim zu finden. Und ich reime sogar aus Versehen. Wenn ich gar nicht will!« Es schaute Herrn Taschenbier verblüfft an. »Hast du es denn gar nicht gemerkt: Ixqua-Draht, Apparat, Fabrikat. Ich hab richtig Lust gleich weiterzumachen:

Ein guter Ixqua-Draht
ist für den Apparat
besser als Spinat
von achtundsechzig Grad.
Das ist er in der Tat.«

»Hättest du nicht vielleicht auch Lust gleich an der Maschine weiterzumachen?«, fragte Herr Taschenbier ungeduldig. »Das Gedicht ist ja sehr schön, aber ich kann es gar nicht richtig würdigen, ich bin viel zu gespannt!«

»Soso, gespannt«, sagte das Sams. »Dann werde ich wohl den Draht spannen müssen, damit deine Spannung nachlässt. Am besten, ich mache beides gleichzeitig: Reimen und Reparieren!«

Es stieg auf den Tisch, fing an die Außenwand der Maschine abzuschrauben und sang dabei:

»Er ist ja so gespannt,
er ist ja so gespannt,
wie ein Gummiband
um einen Elefant ...«

»Ja, das bin ich!« Herr Taschenbier nickte eifrig und schaute dann dem Sams interessiert über die Schulter.

»Jetzt nehm ich ab die Wand.
Das ist ja interessant:
Da ist ein Draht verbrannt.
Hier, nimm ihn in die Hand!«,

sang das Sams und gab Herrn Taschenbier ein verkohltes Stück Kabel.

Der schaute es sich an und fragte dann: »Kann ich das wegwerfen?«

»Sollst du sogar, ist doch klar«, sagte das Sams.

Herr Taschenbier warf den Draht in den Papierkorb. Als er zum Tisch zurückkam, hatte das Sams den Ixqua-Draht schon eingezogen und schraubte die Maschine wieder zu.
»Du kannst aber schnell arbeiten!«, sagte Herr Taschenbier bewundernd.
Das Sams schloss die Augen, faltete die Hände über dem Bauch und sagte bescheiden:

»Große Persönlichkeiten
konnten zu allen Zeiten
besonders schnell arbeiten.«

»Das kann man nicht bestreiten!«, reimte Herr Taschenbier. Das Sams stieg vom Tisch auf den Stuhl.
Herr Taschenbier fragte gespannt: »Bist du denn schon ganz fertig? Wird sie denn wohl wieder gehen, die Maschine?«
»Wird sie gehen? Man muss sehen«, meinte das Sams und sprang vom Stuhl. »Jetzt kannst du ja den Griff mal drehen.«
Herr Taschenbier ging um die Maschine herum.
»Das Lämpchen leuchtet aber gar nicht«, sagte er nervös.
Das Sams war auch aufgeregt und hörte auf zu reimen.
»Macht nichts, das ist nicht so wichtig. Vielleicht geht die Maschine auch ohne Licht. Wünsch dir erst mal etwas ganz Einfaches!«, sagte es.
Herr Taschenbier stellte den Hebel auf EIN. Das Lämpchen begann plötzlich ganz langsam zu blinken. Gleichzeitig stiegen kleine Rauchwölkchen aus der Maschine, in der es knackte und knisterte.
»Schnell, schnell, jetzt wünsch dir doch endlich etwas!«, rief das Sams. »Wie lange willst du denn noch warten!«

»Ich wünsche, dass dort auf dem Sessel ein Markstück liegt!«, stieß Herr Taschenbier schnell hervor. Er wartete noch eine Sekunde, weil die Maschine nicht zu summen anfing, dann stellte er den Hebel auf AUS. Die Maschine hörte auf zu rauchen.

Herr Taschenbier und das Sams stürzten zum Sessel um nachzusehen. Auf der Sessellehne lag eine weiße Masse, die vorher offensichtlich noch nicht da gelegen hatte.

»Igitt, das ist Quark!«, stellte Herr Taschenbier fest, als er die Masse in die Hand nehmen wollte.

»Schlimm, schlimm«, sagte das Sams und wiegte bedenklich den Kopf. »Versuch es noch einmal. Wünsch dir wieder etwas Einfaches!«

Herr Taschenbier stellte die Maschine zum zweiten Mal an. Wieder fing sie an zu rauchen und zu knistern, deshalb sagte er nur ganz schnell: »Ich wünsche mir eine Münze!«, und stellte sie wieder ab.

Im gleichen Augenblick hatte er eine Mütze auf dem Kopf. Sie war viel zu groß und rutschte ihm über die Augen, sodass nur noch seine Nasenspitze vorschaute.

»Die Maschine ist völlig verrückt geworden!«, rief er ärgerlich und riss sich die Mütze vom Kopf.

»Nicht völlig, aber ein bisschen«, sagte das Sams. »Sie wünscht daneben. Aber immerhin ganz dicht daneben!«

»Dicht daneben? Was soll denn das heißen?«

»Du hast dir doch erst ein Markstück gewünscht. Und was hast du gekriegt? Ein Quarkstück! Und statt einer Münze hast du eine Mütze bekommen …«

»Richtig! Das wäre mir gar nicht aufgefallen«, sagte Herr Taschenbier. »Das klingt alles sehr ähnlich. Was wird wohl dabei herauskommen, wenn ich mir ein Geldstück wünsche?«

»Probier es einfach aus!«, riet ihm das Sams.

Herr Taschenbier schaltete die Maschine wieder an, sagte: »Ich wünsche, dass auf dem Tisch ein Geldstück liegt!«, und schaltete sie wieder aus, denn der Rauch, der aus dem Gehäuse kam, wurde bereits ziemlich dicht.

Im gleichen Augenblick lag ein Stück Stoff auf dem Tisch. »Was ist denn das nun schon wieder?«, fragte Herr Taschenbier ratlos und betrachtete den dichten, grauen Stoff von beiden Seiten.

»Ich weiß auch nicht. ›Geld‹ und ›Stoff‹ klingt ja nicht gerade ähnlich«, sagte das Sams verwirrt.

»Sieht aus wie ein Stück von einem Zelt«, überlegte Herr Taschenbier.

»Natürlich! Alles klar! Geldstück – Zeltstück!«, rief das Sams. »Jetzt kommt mir eine Idee, wie wir vielleicht doch noch einen Wunsch durchkriegen. Wir müssen selbst danebenwünschen!«

»Das verstehe ich nicht. Kannst du dich nicht ein bisschen deutlicher ausdrücken?«

»Hast du noch einen Wunsch? Was könntest du außer Geld noch gebrauchen? Etwas Einfaches!«, sagte das Sams.

»Vielleicht eine neue Hose. Ich habe heute Nacht in der Hose geschlafen, die ist ziemlich zerknittert.«

»Gut! Eine Hose, das ist sogar sehr gut. Was meinst du, was du bekommst, wenn du dir eine Hose wünschst?«

»Bestimmt keine Hose.«

»Das ist klar. Aber was?«

»Vielleicht eine Rose?«
»Siehst du, das habe ich mir auch gedacht. Deswegen musst du dir jetzt eine Rose wünschen.«
»Eine Rose? Ach so, du meinst, dann bekomme ich eine Hose!«
»Genau!« Das Sams strahlte. »Lass es uns gleich ausprobieren!«
Herr Taschenbier stellte sich noch einmal vor die Maschine, schaltete sie ein und sagte: »Ich wünsche, dass dort im Sessel eine Rose liegt!«
Als die Maschine aufgehört hatte zu knistern, zu knarren und zu rattern und auch nicht mehr so stark rauchte, weil Herr Taschenbier sie abgestellt hatte, lag im Sessel eine Dose.
»Keine Hose, sondern eine Dose«, sagte er enttäuscht und gab die Dose an das Sams weiter.
»Junge Erbsen, extrafein«, las das Sams auf dem Etikett. »Ich bekomme schon wieder Hunger. Wünsch dir schnell einen Hosenöffner, vielleicht kommt dann ein Dosenöffner!«
»Nein, nein, ich habe eine viel bessere Idee«, sagte Herr Taschenbier. »Wenn für Rose eine Dose kommt, dann kommt für Dose eine Hose!«
Schnell stellte er sich vor die Maschine, schaltete sie an und sagte: »Ich wünsche, dass dort im Sessel eine Dose liegt!«
»Pfui! So eine Schweinerei!«, rief das Sams vom Sessel aus.
»Was ist denn?«, fragte Herr Taschenbier und lief zum Sessel.

»Soße!«, sagte das Sams. »Der ganze Sessel ist voll Soße!« Hinter den beiden fing die Maschine an zu zischen und Funken zu sprühen. »Schnell, schnell, du hast vergessen, sie abzustellen!«, schrie das Sams.

Aber ehe Herr Taschenbier die Maschine erreicht hatte, knallte es in ihrem Innern. Das Lichtchen, das eben noch langsam geblinkt hatte, war erloschen.
»Kurzschluss!«, stellte das Sams sachlich fest.
»Kurzschluss? Was machen wir nun?«, fragte Herr Taschenbier.
»Was wir machen? Wir machen kurz Schluss und gehen kurz entschlossen etwas essen. Schließlich habe ich Hunger. Und nach dem Essen gehen wir schlafen«, sagte das Sams bestimmt. »Und morgen, wenn wir ausgeschlafen haben, sehen wir uns die Maschine in aller Ruhe noch einmal an. Einverstanden?«
»Einverstanden!«, sagte Herr Taschenbier. »Und die Soße, die wischen wir weg, wenn wir gegessen haben.«
So ließen die beiden Soße Soße sein und Rose Dose und gingen aus dem Haus.

7. KAPITEL
Ein letzter Punkt

Am nächsten Morgen wurde Herr Taschenbier nicht vom Sams geweckt, sondern das Sams von Herrn Taschenbier, der laut »O weh« und »Auweia« sagte. Das Sams schaute sich blinzelnd um: Herr Taschenbier stand vollständig angezogen neben der Maschine, hielt einen Taschenspiegel so darunter, dass er die offene Unterseite der Maschine im Spiegel betrachten konnte, und schüttelte immer wieder den Kopf.

»Ich verstehe zwar überhaupt nichts von Maschinen …«, sagte er, als er merkte, dass das Sams wach geworden war.

»Stimmt«, bestätigte das Sams. »Das habe ich bei unserer Autofahrt festgestellt.«

»… aber so viel verstehe ich doch, dass ich sehe, hier ist nichts mehr zu machen«, fuhr Herr Taschenbier fort. »Dadrin ist alles verbrannt und geschmolzen.«

»Vielleicht sollten wir die Maschine einfach essigen und es noch einmal versuchen«, sagte das Sams gähnend.

»Essigen? Was ist denn das?«

»Essig hineinschütten.«

»Wieso Essig? Normalerweise ölt man doch eine Maschine.«

»O ja, wahrscheinlich ist Öl besser«, meinte das Sams.

»Was denn nun? Essig oder Öl?«
»Am besten Essig und Öl und eine Prise Salz«, schlug das Sams vor.
»Das ist doch Unsinn. Das kann gar nicht gehen!«
»Wer weiß? Vielleicht hat das nur noch keiner ausprobiert. Du hast gesagt, dass nichts mehr zu machen ist. Also können wir gar nichts falsch machen. Schlimmer als jetzt kann es sowieso nicht werden.«
»Recht hast du!«, sagte Herr Taschenbier und ging in die Küche. Frau Rotkohl saß am Küchentisch und frühstückte. Sie schaute erstaunt auf, als Herr Taschenbier hereinkam.
»Na, heute sind Sie aber früh aufgestanden«, sagte sie kauend. »Und dabei haben Sie doch noch Urlaub.«
»Ja, ja«, sagte Herr Taschenbier nervös. »Ich brauche Essig und Öl. Könnten Sie mir das mal leihen?«
Frau Rotkohl hörte auf zu kauen. »Essig und Öl?«, fragte sie gedehnt. »So früh am Morgen? Wollen Sie Salat machen? Warum tun Sie das nicht hier in der Küche?«
»Nein, keinen Salat«, sagte Herr Taschenbier hastig. »Ich … ich will etwas ausprobieren.«
Frau Rotkohl stand auf und kam kopfschüttelnd um den Tisch herum. »Ausprobieren? Was denn?«, fragte sie.
Herr Taschenbier zuckte nur verlegen die Schultern und gab keine Antwort.
»Na, wenn's unbedingt sein muss. Hier, nehmen Sie«, sagte Frau Rotkohl und gab ihm ein Öl- und ein Essigfläschchen. Er wollte damit aus der Küche verschwinden, aber Frau Rotkohl hielt ihn noch einmal zurück. »Wann kommt denn Ihr Freund mal wieder vorbei? Heute?«,

fragte sie. »Er darf ruhig bei mir reinschauen, wenn er da ist!«
»Ich werde es ihm sagen«, antwortete Herr Taschenbier im Hinausgehen. »Ich fürchte nur, er wird in nächster Zeit nicht mehr kommen.«
»Er ist ein sehr höflicher Mensch«, sagte Frau Rotkohl noch und dann machte sie die Tür hinter ihm zu.
Das Sams wartete schon ungeduldig. »Hast du alles?«
»Essig und Öl habe ich hier. Und ein Salzfass steht da drüben!«
»Es geht los«, sagte das Sams, stieg auf den Tisch, leerte erst die Ölflasche über die Maschine, schüttete Essig hinterher und streute schließlich eine große Portion Salz in den Trichter. Als der Essig durchs Gehäuse geflossen war, fing es in der Maschine an zu knistern, Funken stoben und das rote Lichtchen begann schwach zu flackern.
»Es tut sich was«, schrie das Sams begeistert. »Jetzt wird gewünscht, aber schnell!«
Herr Taschenbier stellte sich aufgeregt vor die Maschine. »Ich wünsche, dass das Sams immer … nein, das geht nicht. Vielleicht geht wieder alles falsch wie bei der Dose mit der Soße. Erst muss ich ausprobieren, ob sie wieder funktioniert. Also: Ich wünsche, dass hier auf diesem Tisch ein Hundertmarkschein liegt!«
Die Maschine fing an entsetzlich zu stöhnen, zu ächzen und zu knurren, das rote Lichtchen flackerte rasend schnell – dann lag auf dem Tisch wirklich ein Geldschein!
Herr Taschenbier stellte schnell den Hebel auf AUS und kam an den Tisch. »Ein richtiger Geldschein! Sie funktioniert wieder!«, jubelte er. »Ich hatte die ganze Zeit Angst,

sie würde mir hundert Marksteine auf den Tisch legen. Sie geht, wie schön!«

Das Sams untersuchte den Schein. »Freu dich nicht zu sehr, Papa«, sagte es vorsichtig. »Sonst bist du nur enttäuscht. Schau dir den Geldschein erst mal genau an!«

»Wieso, es ist doch eindeutig ein Schein und kein Stein, es ist … du meine Güte, es ist …«

»Ein Vierunddreißigmarkschein!«, vollendete das Sams. »Und mit einem Vierunddreißigmarkschein kann man nirgends und nichts bezahlen, weil es den gar nicht geben darf!«

»Zu früh gefreut!«, sagte Herr Taschenbier niedergeschlagen. »Aber ich werde es noch einmal probieren. Ich mache es wie gestern bei der Hose: Ich wünsche einfach umgekehrt.«

Er stellte die Maschine wieder an und sagte in den Trichter: »Ich wünsche, dass dort auf dem Tisch ein Vierunddreißigmarkschein liegt!« Dann ließ er die Maschine eine Weile jaulen und wimmern, stellte sie wieder aus und schaute sich neugierig um. Auf dem Tisch lag kein Hundertmarkschein, wie er gehofft hatte. Aber unter dem Tisch lag ein Schwimmreifen.

Das Sams schüttelte fassungslos den Kopf. »Ein Schwimmreifen! Jetzt ist sie wirklich übergeschnappt«, sagte es. »Am besten, wir werfen sie in die Mülltonne!«

»Nein! Wenn sie auch keine Wünsche mehr erfüllen kann, dann will ich mich doch wenigstens von ihr überraschen lassen«, sagte Herr Taschenbier.

Er stellte die Maschine an und sagte laut und deutlich: »Ich wünsche, dass mein Sessel fliegt!«

»Was willst du mit einem fliegenden Sessel?«, fragte das Sams.
»Ich will gar keinen. Ich will nur wissen, was die Maschine jetzt tut«, erklärte Herr Taschenbier und stellte sie wieder aus. Sie betrachteten den Sessel: Er stand da wie zuvor. Sie blickten sich im Zimmer um: Nichts hatte sich verändert. »Vielleicht hat sie diesmal gar nicht …«, fing Herr Taschenbier an, da wurde er durch lautes Rufen auf der Straße abgelenkt. Sie gingen zum Fenster und schauten hinaus. Unten, am Rand des Bürgersteigs, stand eine kleine Menschengruppe um einen Mann versammelt, der aufgeregt redete und herumfuchtelte. Herr Taschenbier öffnete das Fenster.
»Was ist denn los? Ist etwas passiert?«, rief er hinunter.
»Der Herr hier behauptet, sein Auto wäre soeben ganz alleine davongefahren. Ohne ihn«, rief eine Frau lachend.
»So was kann schon mal vorkommen«, sagte Herr Taschenbier, ohne eine Miene zu verziehen. Dann schloss er das Fenster.
»Die Sache wird immer lustiger«, sagte er zum Sams. »Lass uns gleich weiterwünschen.«
»Ich weiß nicht«, sagte das Sams zögernd. »Wo wir doch gar nicht wissen, was dabei herauskommt …«
»Irgendetwas kommt immer dabei heraus«, sagte Herr Taschenbier. »Vielleicht funktioniert die Maschine zwischendurch sogar einmal richtig, das macht die Sache ja so spannend. Achtung: Ich wünsche, dass wir jetzt sofort ein ganz prächtiges Frühstück ins Zimmer bekommen!«
Er stellte die Maschine wieder ab.
Im Zimmer geschah nichts. Aber aus der Küche ertönte

ein Aufschrei, dann hörten sie Frau Rotkohl »Herr Taschenbier! Herr Taschenbier!« rufen.
Herr Taschenbier rannte hinüber.
»Da sind Sie ja!« Frau Rotkohl war ganz aufgelöst, als er in die Küche kam. »Das war wohl wieder eine Ihrer berühmten Überraschungen, was? Sie wollten mich wohl vorhin mit Ihrem Essig und Öl nur ablenken, damit Sie mir einen Ihrer kindlichen Streiche spielen können, was? Herr Mon würde so etwas nie tun! Nie, das lassen Sie sich gesagt sein!«
»Aber wieso denn … was denn, ich weiß von nichts«, stotterte Herr Taschenbier.
»Scheinheilig sind Sie auch noch!«, sagte Frau Rotkohl empört. »Und was ist das? Und das??!«
Sie öffnete die beiden Türen des Küchenschranks: Alle Fächer waren bis oben hin voll gestopft mit gekochten Spagetti.
»Spagetti«, stöhnte Herr Taschenbier. »Tausende von Spagetti!«
»Tausende? Nein, Millionen!«, rief Frau Rotkohl. »Aber das ist ja noch nicht alles, wie Sie wissen.«
»Noch nicht alles? Du meine Güte, was denn noch?«
»Was noch? Wissen Sie es wirklich nicht?«, fragte Frau Rotkohl.
»Bestimmt nicht. Ich schwöre«, flüsterte Herr Taschenbier.
»Dann sehen Sie sich mal die Bescherung an!«, sagte Frau Rotkohl und zog nacheinander die vier Schubladen des Küchenschranks auf: Alle vier waren bis an den Rand gefüllt mit warmer Tomatensoße.

»Das tut mir aber Leid«, stammelte Herr Taschenbier. »Das habe ich wirklich nicht gewollt … äh … gewusst!«
»Sie scheinen die Wahrheit zu sagen«, sagte Frau Rotkohl. Prüfend sah sie Herrn Taschenbier an. »Sie können nämlich nicht gut lügen, Sie werden immer knallrot dabei. Ich frage mich nur, wer es dann war. Etwa dieser Robinson?«
»Nein, bestimmt nicht«, versicherte Herr Taschenbier. »Der kann es nicht gewesen sein, er war die ganze Zeit bei mir. Aber wir helfen Ihnen trotzdem den Schrank wieder sauber zu machen.«
»Das ist nett, das hätte Herr Mon auch getan«, sagte Frau Rotkohl dankbar.

Und Herr Taschenbier ging in sein Zimmer, um das Sams zu holen. Dort stellte er aber doch noch einmal schnell die Maschine an.
»Es hat bestimmt wenig Zweck. Aber ich kann es ja wenigstens einmal versuchen«, sagte er. »Ich wünsche, dass mitten in Frau Rotkohls Küche ein großer Topf steht. In diesem Topf sollen alle Nudeln aus dem Schrank und die Tomatensoße sein.« Dann stellte er die Maschine aus und ging mit dem Sams zur Küche.
Frau Rotkohl kam ihnen schon entgegengestürzt. Sie schüttelte immer wieder fassungslos den Kopf und suchte nach Worten.
»Ich … ich … ich muss träumen«, stotterte sie und stützte sich Halt suchend auf Herrn Taschenbiers Arm. »Kommen Sie, kommen Sie herein! Schauen Sie sich das an! Der war vor zehn Sekunden noch nicht hier!« Mit zitterndem Zeigefinger zeigte sie auf einen Apfelbaum, der mitten in der Küche aus dem Fußboden gewachsen war.
Das Sams zog einen Ast nach unten und pflückte einen Apfel. »Sehr praktisch, so ein Baum im Zimmer«, stellte es fest und biss in den Apfel. »Sehr gut! Gerade reif!«, sagte es kauend. »Wo sind denn nun die Nudeln? Darf man die auch essen?«
Frau Rotkohl ging mit dem Sams zum Küchenschrank.
»Wenn du sie essen magst«, sagte sie und öffnete die Schranktür. »Hier sind … hier … hier waren sie!«, stöhnte sie erschüttert. Hastig zog sie eine Schublade nach der anderen auf. »Leer … leer … leer! Die sind auch leer! Na, mir soll es recht sein«, fügte sie matt hinzu und ließ sich

auf einen Küchenhocker fallen. »Jetzt muss ich den Schreck erst mal verdauen.«
»Und ich den Apfel«, sagte das Sams ungerührt und zog Herrn Taschenbier aus der Küche.
»Ich glaube, es ist wirklich besser, wenn du nicht mehr wild in der Gegend herumwünschst«, sagte das Sams im Zimmer. »Du siehst, was dabei herauskommen kann!«
»Wieso? Ein Apfelbaum in der Küche ist doch praktisch. Das hast du selber gesagt. – Einmal will ich wenigstens noch wünschen.«
»Dann wünsch dir wenigstens etwas Entferntes. Nichts, was hier im Haus geschieht, das ist mir zu aufregend«, sagte das Sams.

»Ich kann Herrn Mon etwas Gutes wünschen. Aber das ist schlecht, man weiß ja nicht, ob wirklich etwas Gutes dabei herauskommt. Vielleicht sitzt er sonst plötzlich mit allen Kleidern in der Badewanne! Da fällt mir etwas ein: Wie hieß der Mann, der uns auf dem Speicher eingeschlossen hat?«
»Herr Lürcher.«
Herr Taschenbier ging an die Maschine, schaltete sie ein und sagte: »Ich wünsche, dass Herr Lürcher in diesem Augenblick in seiner Badewanne sitzt!«
Dann stellte er die krächzende Maschine ab und sagte zum Sams: »Schade, dass ich nicht sehen kann, was jetzt passiert. Aber vielleicht lesen wir es morgen in der Zeitung.«
Das Sams lachte. »Etwas kannst du schon jetzt sehen: Dein Schrank ist verschwunden!«
Da, wo vorher der Schrank gestanden hatte, war nun eine Lücke.
»Der Schrank? Wo ist mein Schrank?!«, schrie Herr Taschenbier aufgebracht. »Da waren alle meine Kleider drin, das Halma-, Mühle-, Dame- und Mensch-ärgere-dich-nicht-Spiel! Und meine Lederhandschuhe!« Er drehte sich zum Sams um. »Du hattest Recht. So eine dämliche Maschine! Nun muss ich doch noch einmal wünschen, ich will meinen Schrank wiederhaben, wo er auch sein mag. – Ich wünsche, dass ich jetzt gleich neben meinem Schrank stehe!«
Das Sams rief ihm eine Warnung zu, aber es war schon zu spät. Herr Taschenbier war aus dem Zimmer verschwunden.
»So eine Dummheit, er weiß doch, dass die Maschine

verrückt spielt! Hoffentlich geht es gut«, sagte das Sams und stellte die Maschine ab. Es setzte sich auf den Stuhl und wartete.

Wenige Minuten später kam Herr Lürcher wieder einmal ins Polizeirevier.

»Ich habe eine Meldung zu machen«, rief er schon an der Tür.

»Ach, Sie sind das!«, sagte der eine Polizist missmutig. »Womit wollen Sie uns denn heute verkohlen?«

»Ich möchte melden, dass in meiner Badewanne ein Schrank steht.«

»Und was geht uns das an?«

»Weil er nicht mir gehört. Stellen Sie sich vor: Man hat mir einen schönen alten Eichenschrank in die Badewanne gestellt!«

»Wer?«

»Wer? Das weiß ich auch nicht. Als ich ins Bad kam, stand er plötzlich da.«

»Dann weiß ich immer noch nicht, was Sie melden wollen.«

»Muss man das denn nicht melden?«, fragte Herr Lürcher erstaunt.

»Wenn einem etwas weggenommen wird, kann man Anzeige erstatten«, erklärte der Polizist. »Aber ich habe noch von keinem Fall gehört, wo jemand Anzeige erstattet, weil ihm etwas gebracht worden ist. Auf Wiedersehn!«

Einen Augenblick stand Herr Lürcher da und schaute den Polizisten verdutzt an. »Ja, wenn das so ist! Dann vielen

Dank für den Schrank«, sagte er, drehte sich um und ging fröhlich davon.

Das Sams musste sehr lange warten. Endlich, als es sich schon fast entschlossen hatte in die Stadt zu gehen und Herrn Taschenbier zu suchen, hörte es die Haustür knallen.
Gleich darauf kam Herr Taschenbier ins Zimmer und ließ sich müde aufs Bett fallen.
»Was war denn? Hat es geklappt? Bist du beim Schrank gelandet?«, fragte das Sams.
»Von wegen Schrank! Auf einer Schranke hat sie mich landen lassen, die Teufelsmaschine. Beinah wäre ich vom Zug überfahren worden. Als ich mich von meinem Schreck erholt hatte, ging die Schranke auch noch hoch. Und ich hing drauf. Ich musste erst runterrutschen von dem Ding. Und dann der Heimweg! Mindestens sechs Kilometer! Jetzt mach ich Schluss mit der Maschine, jetzt kommt sie in die Mülltonne.«
Das Sams schüttelte aufgeregt den Kopf. »Mülltonne ist doch nicht gut, Papa. Da findet sie der Müllmann. Wer weiß, was er damit macht. Am besten, wir tragen sie dahin, wo sie die ganzen letzten Wochen gestanden hat: auf den Speicher!«
»Auf den Speicher? Aber wenn Frau Rotkohl dort aus Neugier an der Maschine herumspielt und sie einstellt ...«
»Kann sie gar nicht, kann sie nicht! Pass mal auf!«, sagte das Sams lachend, schraubte den Drehgriff ab, schob ihn in seinen breiten Mund und begann ihn krachend zu zerbeißen. »Nicht besonders gut, schmeckt ziemlich ange-

brannt«, stellte es fest und schluckte. »So, der Hebel ist weg. Jetzt kann man sie nicht mehr anstellen.«
»Vielleicht sollten wir die Maschine sofort rauftragen«, schlug Herr Taschenbier vor. »Frau Rotkohl ist mir vorhin auf der Straße begegnet, sie ist gerade beim Einkaufen. Jetzt ist der günstigste Zeitpunkt.«
»Meinetwegen«, sagte das Sams und sie wuchteten gemeinsam die Maschine vom Tisch, trugen sie durch das Zimmer und den Flur und schleppten sie die Treppen hoch zum Dachboden. Dort setzten sie die Maschine an derselben Stelle ab, an der sie vorher gestanden hatte.
An der Tür blieb Herr Taschenbier noch einmal stehen und schaute traurig zurück.
»Bald wird sie so verstaubt sein wie vor einer Woche. Was hat sie mir nun eigentlich gebracht, die Wunschmaschine?«, sagte er. »Nichts! Kein Auto, kein Geld, nichts! Ich habe nicht mehr als vorher.«
Das Sams lachte und nahm Herrn Taschenbier an der Hand. »Vielleicht hast du falsch gewünscht, Papa«, sagte es. »Du hast immer nur Dinge haben wollen: viel Geld, ein Auto, eine Reise, ein gutes Essen. Vielleicht hättest du anders wünschen müssen.«
»Anders?« Herr Taschenbier dachte nach. »Das ist wahr. Wenn ich mir gewünscht hätte, dass ich ein bisschen mutiger wäre, dann wäre ich es jetzt auch ohne Maschine. Ich hätte mir auch wünschen können, dass ich ein guter Autofahrer bin. Dann würde ich mir einfach das Geld für ein Auto zusammensparen. Aber ohne Wunschmaschine bin ich zu ängstlich. Ich lerne nie fahren«, sagte er mutlos.

Das Sams schüttelte nachdrücklich den Kopf. »Stimmt doch gar nicht, Papa«, sagte es. »Du musst nur immer an das Schwein denken.«

»An welches Schwein denn?«, fragte Herr Taschenbier erstaunt.

»An das Schwein aus dem Gedicht, das ich jetzt dichten werde«, sagte das Sams stolz. »Achtung:

Will man was, ganz stark und fest,
geht's auch ohne Wunschmaschine.
Selbst ein Schwein lernt Violine,
wenn es nur nicht lockerlässt!«

Herr Taschenbier musste lachen. »Meinst du das wirklich?«

»Klar. Was würdest du dir denn zum Beispiel wünschen, wenn die Wunschmaschine noch ginge?«
»Ich würde wünschen, dass du immer bei mir bleibst«, sagte Herr Taschenbier ohne nachzudenken. »Das hätte ich gleich am ersten Tag wünschen sollen. Aber ich wollte erst herausfinden, ob du damit auch einverstanden bist.«
»Dazu ist es jetzt zu spät«, sagte das Sams. »Und was würdest du dir noch wünschen?«
»Dass mein Freund Mon nicht mehr böse ist und mich wieder besucht.«
»Und wenn er nun so beleidigt ist, dass er nie mehr kommt?«
»Nie mehr?«, fragte Herr Taschenbier erschrocken. »Das wäre schlimm. Hoffentlich besucht er mich bald mal wieder. Das wünsche ich mir wirklich ganz stark.«
»Soso, du wünschst es«, sagte das Sams. »Aber das Wünschen nützt nichts ohne Wunschmaschine, ätsch!«
»Ja, leider.«
»So, leider. Und warum gehst du nicht einfach zu deinem Freund Mon und sagst ihm, dass du dich falsch benommen hast und dass es dir Leid tut?!«
»Das stimmt! – Aber ich weiß ja gar nicht, wo er wohnt.«
»Siehst du: Er hat dich schon oft besucht. Aber du weißt nicht einmal, wo er wohnt.«
Herr Taschenbier überlegte.
»Ich weiß es wirklich nicht«, sagte er. »Wenn die Wunschmaschine noch ginge, dann würde ich einfach wünschen, dass ich seine Adresse kenne.«
Das Sams dachte auch nach. »Vielleicht hat er Telefon.

Warum gehen wir nicht einfach in eine Telefonzelle und schauen im Telefonbuch nach, wo er wohnt?!«, sagte es.
»Du bist schlau! Dass ich da nicht allein drauf gekommen bin!«, rief Herr Taschenbier und rannte die Treppen hinunter, so schnell, dass das Sams kaum folgen konnte.

Herr Mon konnte sich vor Staunen kaum fassen, als Herr Taschenbier und das Sams plötzlich vor seiner Haustür standen. »Mann, Taschenbier, alter Junge!«, rief er aufgeregt. »Du besuchst mich wirklich einmal? Ja, das tust du, wer hätte das gedacht!«
»Ich war ein bisschen komisch vorgestern, weil ich so aufgeregt war, ich habe das nicht so gemeint …« Herr Taschenbier fing an sich umständlich zu entschuldigen.
»Ach was, wer wird denn nachtragend sein! Bin ich das? Nein, kein bisschen!« Herr Mon schaute den Papagei an und fragte: »Nicht wahr, Herr Kules?«
Aber Herr Kules saß stumm in seinem Käfig.
»Ich weiß nicht, was er hat. Aber seit ungefähr einer Stunde hat er kein Wort mehr gesagt. Nur einmal ›Guten Tag‹. Dabei hat er doch vorher ununterbrochen geredet«, flüsterte Herr Mon.
»Ich glaube, das hängt mit der Wunschmaschine zusammen«, sagte das Sams. »Seit einer Stunde funktioniert sie nämlich nicht mehr.«
Herr Mon sah das Sams erstaunt an. »Überhaupt nicht mehr? Das ist aber schade. Na, macht auch nichts. Ich bin sowieso nicht mehr zu Wort gekommen, seitdem Herr Kules reden konnte«, sagte er. »Trinken wir jetzt gemein-

sam ein schönes Tässchen Tee? Ja, das tun wir. Und danach fahre ich euch nach Hause. Dann kann ich gleich mal bei Frau Rotkohl reinschauen.«

Als sie gemeinsam die Wohnung betraten, stürzte ihnen Frau Rotkohl aufgeregt entgegen, zog sie in die Küche und rief: »Der Baum! Dieser Baum in der Küche!«
»Was ist mit dem Baum?«, fragte Herr Taschenbier.
»Er ist wieder weg. Spurlos verschwunden!«
»Das habe ich mir fast gedacht«, sagte Herr Taschenbier.
»Aber was mache ich denn jetzt? Ich wollte doch einen Apfelkuchen backen. Der Teig ist schon ausgerollt und auf dem Backblech!«, jammerte Frau Rotkohl.

»Ich könnte ja schnell ein paar Äpfel besorgen«, schlug Herr Taschenbier vor.
»Wirklich? Das wäre aber nett«, sagte Frau Rotkohl.
»Aber das kann ich doch auch tun«, mischte sich Herr Mon ein. »Ich werde für Frau Rotkohl Äpfel kaufen!«
»Wirklich? Das ist aber ganz, ganz freundlich!« Frau Rotkohl strahlte. »Wenn Sie erlauben, werde ich Sie begleiten.« Sie wurde ein bisschen rot und fügte schnell hinzu: »Ich muss Herrn Mon ja zeigen, wo der Lebensmittelladen ist.«
Sie nahm ihre Einkaufstasche vom Haken und ging mit Herrn Mon aus dem Haus.
Herr Taschenbier und das Sams blieben in der Küche zurück. Herr Taschenbier setzte sich auf den Küchenhocker.
»Ich habe die ganze Zeit über das nachgedacht, was du mir oben auf dem Dachboden gesagt hast. Das mit dem Schwein, verstehst du. Ich glaube, du hast Recht«, sagte er. »Jedenfalls bin ich ganz, ganz froh, dass ich zu Herrn Mon gegangen bin. Ich will wirklich versuchen mir meine Wünsche einfach selbst zu erfüllen. Ohne Maschine. Nur schade, dass du mir dabei nicht helfen kannst.«
Das Sams grinste und wackelte mit dem Rüssel. »Vielleicht kann ich dir doch ein bisschen helfen, Papa«, sagte es.
Herr Taschenbier sprang vor Aufregung vom Hocker. »Heißt das, dass du diesmal nicht wieder am Samstag wegmusst?«, rief er.
»Eigentlich schon ...«
»Aber?«, fragte Herr Taschenbier gespannt.

»Aber ich habe geahnt, was du mit der Maschine anstellst, sobald du sie anstellst«, sagte das Sams lachend. »Und deshalb habe ich dir heimlich etwas aufgehoben.«
Herr Taschenbier hielt es vor Neugier kaum noch aus. »Etwas aufgehoben? Was denn? Sag doch endlich!«
Das Sams hopste auf den Küchenhocker, auf dem Herr Taschenbier gesessen hatte, und rief: »Schau mal hinter meinem linken Ohr nach, hinter meinem linken Ohr, dann siehst du es!«
Es knickte sein Ohr nach vorne und hielt Herrn Taschenbier den Kopf schräg entgegen. Sein Kopf wackelte, so sehr musste es lachen.
»Das … da … da ist ja noch ein blauer Punkt!«, schrie Herr Taschenbier begeistert.
»Ja, Papa. Der allerletzte. Den kannst du meinetwegen abwünschen. Aber Vorsicht, dass du nicht wieder Fehler machst!«
»Keine Angst, diesmal mache ich bestimmt keinen Fehler«, sagte Herr Taschenbier. Nach einer kleinen Pause holte er tief Luft und sagte dann langsam und feierlich: »Ich wünsche, dass das Sams immer bei mir bleibt!«
Und damit war der allerletzte blaue Punkt verschwunden.